KB057803

너에게 무슨 일이 있었니

너에게 무슨 일이 있었니

황혜련 장편소설

문이당

작가의 말

어수선한 시국도 시국이지만, 사사로운 일에서도 몸과 맘이 어지러운 이때 책을 내는 게 온당한 일인지는 모르겠으나, 나는 그저 내 할 일을 묵묵히 하는 게 맞다는 생각이 들어 용기를 내본다.

이 소설은 2013년 문체부가 주관한 《대한민국 디지털 작가상》을 받았던 작품이다. 그땐 책을 낼 마음의 준비가 안 되어있었고, 아직 창작집도 내지 않은 상태라서 그냥 묻어두었었다. 그런데 불쑥 작품이 내게 말을 걸어왔다. 나가고 싶다고. 세상에 나가서 맞을 비바람은 온전히 너의 몫이니, 나는 너를 내보내기로 한다.

이 소설을 쓰던 그때에도 나는 아마 막막한 강의 어느 한 지점을 건너고 있었을 것이다. 그래도 그때가 즐거운 기억으로 남아있는 건 소설을 쓰고 있었기 때문일 것이다. 나는 가끔 생각한다. 작품에도 운명이 있을까? 강물 속에 풍랑이 일고 있지 않았더라면 나는 이 소설을 쓰지 않았을 것이다.

나는 요즘 아파트 정자에 자주 나간다. 그곳에서 할머니들을 만난다. 동네를 산책하다가 삼삼오오 어울려 노는 할머니들의 얘기가 궁금해서(실은 나도 외롭고 심심해서) 휴대폰을 보는 척 정자 한 끄트머리에 걸터앉아 있다가 오곤 했는데, 어느 날 보니 내가 휴대폰을 놓고 할머니들과 어울려 웃고 떠들고 있었다. 그 일이 일상이 되어버린 내가 우습다.

이 소설도 그렇게 나왔다. 시골 사는 동네 사람들과 떠들고 놀다가 소설까지 쓰게 되었다. 내 얘기, 이웃의 얘기, 너무 평범해서 소설이 될 것 같지 않은 얘기들이 차곡히 쌓여 소설이 되었다. 소설도, 사는 것도 별게 아니구나 생각되니 사는 게 조금은 쉬워졌다.

이 소설을 읽고 당신이 웃었으면 좋겠다.

2020년 여름
황 혜 련

01

　오토바이 소리가 났다. 할아버지다. 나는 얼른 컴퓨터를 끄고 방바닥에 엎드려 책을 읽는 척했다. 게임하는 걸 들켜서 좋을 게 없다. 할머니는 끓는 냄비에 국수를 넣었다. 오늘 점심은 국수인 모양이다. 할아버지가 들어서고 5분 안에 밥상이 차려지지 않으면 불호령이 떨어졌다. 나는 나대로, 할머니는 할머니대로 갑자기 바빠졌다.

　그런데 한참이 지나도 할아버지가 들어오지 않았다. 나는 『잭과 콩나무』 영어판을 벌써 두 페이지나 읽었다. 할머니는 냄비에서 국수를 건져 양념장에 비비고 있었다. 고소한 참기름 냄새가 나는 걸 보니 다 된 모양인데 웬일인지 할아버지가 기척이 없다. 할머니도 궁금한지 비빔국

수가 담긴 대접을 식탁에 올려놓으며 연신 바깥을 흘끔거렸다.

"아니 저 냥반이 냉큼 안 들어오고 뭐해? 국수 다 뿔는구만. 석아 나가서 할아버지 들어오시라고 해."

그때 현관문이 벌컥 열리며 할아버지가 냅다 소리를 질렀다.

"바크 어디 갔나?"

바크는 우리 집 개 이름이다.

"바크가 어딜 가다니 뭔 말이래요?"

할머니가 내다보며 대꾸했다.

"보고도 모르나? 개가 없잖아!"

"어? 그러네. 어디 갔지?"

"당신 또 개 풀어놨나?"

"풀어놓긴요. 당신이 풀어놓은 거 아니우?"

"내가 개 풀어놓는 거 봤나?"

그렇다. 할아버지는 개를 잃어버릴까봐 풀어놓지 못한다. 간혹 할머니가 운동시킨다며 풀어놓을라치면 할아버지는 금세 다시 묶었다. 개를 묶어놓는 건 나도 찬성이다. 시골집은 대문이 없어 개가 어디로 갈지도 모르며 때론 사나올 때도 있어 어떤 사고를 칠지 몰랐다.

"준석이 니는 못 봤나?"

이번에는 화살이 내게로 날아 왔다.

"못 봤는데요."

나는 책을 보다가 엉거주춤 일어났다.

"석이 자는 내내 여기 있었는데요 머."

할머니가 거들었다. 할머니는 늘 내편이다.

"그건 그렇고 국수 뽈어요."

할머니는 지금 개보다 국수가 더 걱정이다.

"지금 국수가 문제냐? 개가 없어졌는데."

"왜 소리를 지르고 그래싸요? 지가 가면 어딜 가요, 근처에 있겠지."

"그게 아닌 거 같으니 하는 소리 아니나?"

할아버지는 벌써 주변을 다 둘러보았을 것이다. 근처 어디에 있다면 할아버지가 부르는 소리에 벌써 오고도 남았다. 아니 오토바이 소리만 나도 바크가 먼저 알고 달려왔다. 그걸 할머니가 모를까. 할머니는 우선 할아버지에게 국수를 먹이는 일이 더 급선무였다.

"아무래도 누가 훔채간 것 같아. 어떤 놈인지 잡기만 하든."

할아버지는 신발을 벗고 곧장 욕실로 갔다.

"아, 먹고 씻을 일이지. 국수 뿔는구마는. 석아 니도 어여 와 앉아."

나는 책을 엎어놓고 일어났다. 할아버지 때문에 보는 척 하느라 아무 페이지나 펼쳤었지만 잭이 소를 팔러갔다가 콩과 바꾸어 오는 장면은 자꾸만 봐도 재밌다. 아마 내가 소를 콩하고 바꾸어왔다가는 할아버지에게 그 자리에서 맞아 뒈졌을 것이다. 사실 동화니까 그렇지 진짜로 소를 콩하고 바꿀 바보가 어디 있겠는가.

욕실에서 나온 할아버지가 식탁에 와서 앉았다. 국수가 불어 비빔장이 윤기를 잃었다. 할아버지는 국수가 불은 건 안중에도 없는지 퍽퍽해진 국수 가락을 떠 넣으며 계속 개 타령만 했다. 할아버지처럼 음식 타박이 심한 사람이 팅팅 불은 국수를 그냥 먹는 걸 보니 개가 없어진 게 큰일이긴 한 모양이다. 아침상에서 먹던 김치가 꾸지지 한 채 점심상에 그대로 올라왔는데도 할아버지는 아무 말도 안했다. 전에 같았으면 접시가 날아 갈 일이다.

할아버지가 개를 얼마나 애지중지하는지 모르고 데려

간 걸 보니 아무래도 동네 사람 짓 같지는 않다고 할머니는 말했다. 외지 사람이 우리 집 앞을 지나다가 개가 통통하게 살이 오른 걸 보고 복날 잡아먹으려고 가져갔다는 것이다. 그 말에 할아버지가 버럭 소리를 질렀다. 할미가 되가지고 자기 개 잡아먹는다는 소리를 어떻게 그렇게 쉽게 하느냐는 거였다. 맞다. 그건 상상도 하기 싫다. 할아버지는 오히려 우리 집을 잘 아는 동네 사람 짓일 가능성이 더 크다며 잡기만 하면 가만 두지 않겠다고 펄펄 뛰었다.

할아버지가 국수를 먹던 젓가락을 내려놓으며 물을 달라고 했다. 할머니가 냉장고에서 물을 꺼내 주자 한 모금 입에 넣고 우걱우걱 하더니 꿀꺽 삼켰다. 할아버지는 통 입맛이 없는지 국수를 반이나 남겼다.

"석이네 안에 있나?"

그때 누가 왔는지 밖에서 소리가 났다.

"아이고 내 정신 좀 봐. 형님한테 전화한다는 걸 깜빡했네."

할머니가 창 너머 마당으로 큰할머니와 해피가 들어서는 걸 보고 화들짝 놀라며 뛰어나갔다. 할아버지도 따라서 나갔다.

"이따가 우리가 갈 건데 뭘 이렇게 직접 오시느라고."

할아버지가 큰할머니를 맞으며 굽실굽실했다.

할아버지가 굽실거리는 데는 이유가 있었다. 할아버지는 어디 가서 허리를 굽히는 사람이 아니다. 그런데 바크에 관한 한 예외다. 사실은 오늘 우리 바크와 큰할머니 댁해피를 교접시키기로 했었다. 우리 바크는 암놈이고 해피는 수놈인데 작년에 큰할머니 댁에 순수 토종 진돗개가 들어오면서 할아버지는 우리 바크와 해피를 교접시킬 생각을 갖고 있었다. 그래서 해피가 클 때까지 무려 1년을 기다리다가 겨우 허락을 얻어냈다. 할아버지가 부탁을 하는 처지라서 이따가 바크를 데리고 큰할머니 댁으로 가기로 했는데 성질 급한 큰할머니가 기다리지 못하고 먼저 온 것이다.

"기다려도 통 와야 말이지. 근데 바크는 어디 갔나?"

큰할머니가 빈 바크 집을 보며 대수롭지 않게 말했다.

"형님 그게 말예요, 바크를 도둑맞았지 뭐예요?"

할머니가 어쩔 줄 몰라 하며 말을 더듬었다. 콩 한말 주기로 하고 정말 어렵게 얻어낸 허락이었다.

"개를 도둑맞다니. 그게 먼말이나? 아까 참에 뒷골 다녀오다가 봐도 있더구만."

큰할머니네와 우리는 한 동네라서 오다가다가 자주 마주쳤다.

"글게 말예요. 낮전에 감쪽같이 없어졌지 뭐예요."

"나 참, 부탁할 땐 언제고 이제 와서 왜 맘이 바뀌었나?"

큰할머니는 할머니가 교접을 안 시키려고 다른 수작을 벌이고 있다고 생각하는 같았다.

"큰할머니, 우리 개 잃어버린 거 맞아요. 그래서 지금 많이 속상해요."

내가 나서서 한 마디 했다.

"오야 오야 알았다. 우리가 아쉬울 게 머 있나?"

큰할머니는 팽 하고 해피를 데리고 집을 나갔다. 큰할머니는 우리가 여전히 거짓말을 하고 있다고 생각하는 같았다. 바크가 돌아와도 다시 부탁하기는 어려워 보였다. 안 그래도 할머니와 큰할머니 사이가 안 좋은데 더 안 좋게 생겼다.

할아버지는 해피가 가버리자 바크를 찾아봐야겠다며 그 길로 집을 나섰다. 건강하게 잘 큰 해피를 보니 바크가

15

더 생각이 나는 모양이었다. 할머니는 괜한 짓이라고 말렸지만 집에 가만히 앉아서 당하고만 있을 할아버지가 아니었다.

그러나 할아버지는 나간 지 한 시간 만에 빈손으로 돌아왔다.

02

새벽에 마을회관 방송실에서 노래가 흘러나왔다. 이장님이 무슨 하실 말씀이 있으신가보다. 우리 동네는 이장님 말씀 전에 먼저 노래가 흘러나왔다. 노래 소리로 사람들의 귀를 모으려는 것이다. 오늘은 이찬원의 〈18세 순이〉가 흘러나왔다. 우리 이장님, 뭘 좀 안다. 예전의 이장님은 송대관의 〈쨍하고 해뜰날〉이나 현철 아저씨의 〈청춘을 돌려다오〉, 같은 걸 틀었었는데 얼마 전 새로 뽑힌 이장님은 미스터트롯 탑 세븐의 노래를 돌아가면서 튼다. 멋지다. 내 원픽은 영탁이다.

'후후 아아!' 이장님이 마이크를 들었다. 이장님은 먼저 후후 하고 마이크에 바람을 불어넣은 후 아아 하는 소리로 테스트를 했다.

"주황리 방송반에서 안내 말씀 드리겠습니다. 지난주에 아드님 결혼식을 한 함춘봉 어르신께서 고마움의 표시로 점심을 대접하겠다고 합니다. 식당은 갈색면에 있는 삼거리 식당이니 많은 참석 바랍니다."

함춘봉은 우리 큰할아버지다. 우리 할아버지의 큰 형님인데 막내아들이 마흔이 다 되어 결혼을 했다. 결혼식을 서울에서 하는 바람에 참석하지 못한 사람들이 많아서 따로 밥을 대접하는 거라고 했다.

"하이고 그 냥반이 웬일이래요. 비싼 밥을 다 사고."

할머니는 큰할아버지네와 별로 친하지 않다. 도랑 하나를 사이에 두고 마주 보고 있어서 어쩔 수 없이 자주 만나기는 하지만 만날 때마다 늘 언짢게 헤어졌다. 이유는 자식들 때문이었다. 큰할아버지는 자식이 다섯인데 그 자식들이 모두 잘됐다. 큰아들은 서울에서 사장님이고 둘째 아들은 교수님이다. 딸도 박사 공부까지 해서 큰 회사에서 월급을 많이 받는 연구원인가 한다고 했다. 할아버지는 자식이 둘인데 우리 아빠와 고모가 다 별 볼일 없어 할머니는 큰할머니만 만나기만 하면 기가 죽어서 돌아왔다. 이젠 안 싸울 만도 한데 큰할머니가 자꾸 먼저 할머니 염장을 질렀다. "석이 에비는 둘째를 영 안 낳을 모냥이재? 하기야 벌이가 시원찮으니 그기 낫겠다." "명옥이는 시집을 보내뿌리지 언제까지 끼고 있을라그러나." 레퍼토리라도 좀 달라지면 좋으련만 늙으면 기억이 한 군데로 고정되는 모양이다. 큰할머니는 맨날 같은 말로 할머니 속을 긁었다. 그러면 할머니는 "석이 에비는 하는 일이 잘됐다 안됐다 머 그러는 모냥이래요. 이제 좋아지겠지요 머." "시집은 지가 안가는 걸 나더러 어쩌라고요." 라고 똑같은 말로 대꾸했다. 매번 이런 대거리나 하고 있어야 하니 큰할머니를 보고 싶겠는가. 그렇게 당하고 할머니는 집에 와서 큰할머니 욕을 오지게 했다. 아들 손자도 없는 게 무슨 말이 그렇게 많으냐는 거였다. 큰집 삼촌들은 모두 딸만 둘씩 있었다. 고모들은 아들이 있으나 그놈들은 다른 성씨를 쓰니 다 소용없다고 했다. 그러니까 나는 할머니의 자랑이자 자부심이었다. 그래서 할머니는 큰집에 갈 때 은근히 나를 데리고 가고 싶어 했다. 내가 아주 어렸을 때 할머니는 큰집에만 가면 덥다고 아래에 아무 것도 입히지 않고 놀게 했는데 지금 와서 생각하니 그게 다 고추 자랑 하려고 그랬던 게 아닌가 하는 생각이 들었다. '우이씨' 큰할머니에 대한 복수를 그런 식으로 하다니.

할머니는 큰할아버지 흉을 보면서도 점심 때울 일이 생겨서 편하게 됐다며 한숨을 내쉬었다. 삼시 세끼 할아버지의 밥을 챙기는 게 할머니는 제일 싫다고 했다. 하루 세 번 차려주는 밥을 먹는 것도 번거로운데 차리는 사람은 오죽할까. 그것도 모르고 할아버지는 매번 새로운 것을 해놓지 않는다고 타박이다. 그리고 이런 점심 자리가 있으면 가서 먹고 오면 좋은데 할아버지는 어지간해선 가지도 않는다. 그러니 죽어나는 건 할머니다.

그런데 오늘은 웬일인지 할아버지가 점심 초대에 다녀오겠다고 한다. 형님 집안일이니 안 갈 수도 없었겠지만 할아버지는 아마도 밥보다는 개 도둑을 알아보려는 속셈 같았다. 가서 물어봤댔자 훔쳐갔다고 말할 사람이야 있겠냐만 사람들 반응을 보며 추측해보려는 심사 같았다. 어쨌거나 할아버지가 점심 먹으러 간다고 하니 할머니는 한시름 놓았다.

방송이 끝나자 멀리서 '탕탕' 하는 총소리가 들려왔다. 할머니 말로는 새를 쫓기 위해 공포탄을 쏘는 거란다. '구욱국 국국’ 하는 비둘기 소리도 들렸다. 서울 아파트에 있을 때는 TV나 핸드폰으로 아침을 맞았는데 여기서는 참으로 다양한 소리로 아침을 맞았다.

할아버지는 벌써 일 나가고 없다. 우리 집에서 제일 부지런한 사람은 누가 뭐래도 할아버지다. 나는 여태까지 할아버지가 늦잠을 자거나 벌건 대낮에 방에 누워서 빈둥거리는 걸 본 적이 없다. 그러니 밥도 많이 먹을 테지.

할머니가 나더러 고모 좀 깨우란다. 고모는 어제도 늦게 들어온 모양이다. 깨워봤자 일어나지도 않는 고모를 할머니는 왜 그렇게 아침마다 깨우라고 하는지 이해가 안 간다. 사실 할머니의 성화는 거의 건성에 가깝다. 그래서 나도 고모를 깨우지 않는다. 할아버지도 포기한 고모의 늦잠을 누가 감당할 수 있겠는가.

그런데 웬일로 고모가 스스로 일어나 거실로 나왔다. 해가 서쪽에서 뜰 일이다. 고모는 어제 술을 많이 마셔 목이 타는지 냉장고를 열어 냉수부터 한 잔 마셨다. 그리고는 식탁 의자에 털썩 앉았다. 고모의 긴 파마머리가 풀밭을 밟고 지나간 것처럼 군데군데 눌려 있다.

“나도 늙나 보네. 아침에 눈이 떠지는 걸 보니.”

내가 보기에 늙었는데 고모는 자기가 아직 젊다고 생각한다. 아빠와 두 살 차이가 나는 고모는 올해 마흔 살이다. 그런데 고모는 마흔 소리 듣기 싫다며 누가 물으면 꼭 서른아홉이라고 대답한다. 마흔 한 살이 되는 내년에도 만으로 나이를 줄여서 얘기할 수 있는지 두고 볼 작정이다.

　고모는 서울에서 마트 일을 했었다. 마트는 어딜 가나 있는데 서울 마트는 뭐가 다른지 고모는 시골집에 내려올 때마다 서울물 먹은 티를 내며 말꼬리를 올렸다. 그런 고모를 할아버지가 강제로 시골집으로 끌어내렸다. 유부남인 마트 점장과 연애 하는 걸 할아버지에게 들킨 것이다.

　시골집으로 내려온 후 고모는 맨날 빈둥댔다. 그러면서도 서울 남자와 연애하던 버릇이 있어 시골 남자는 거들떠도 안 봤다. 방앗간 집 아들이 고모에게 집적거렸으나 고모는 늘 콧방귀만 뀌었다. 방앗간 집 아들은 나이가 서른여섯으로 고모보다 네 살이나 어렸다. 더구나 외동아들이니 방앗간 주인이 되는 것도 시간문제다. 말하자면 봉 잡은 거나 다름없었다. 할아버지와 할머니는 어떡해서든지 그 총각에게 시집보내고 싶어 했으나 고모가 꿈쩍도 안하니 별 수 없었다. 그런 판세다보니 고모는 아직도 자기가 남자에게 인기가 많다고 생각하고 있었다.

텃밭에 나갔던 할아버지가 상추와 고추를 한 움큼 따가지고 들어왔다. 할아버지는 질리지도 않는지 매번 상추와 고추로 밥을 먹는다. 할머니가 청국장과 고등어구이를 식탁에 올려놓자 고모는 자기 방으로 쑥 들어가 버렸다. 할머니가 밥 먹고 가라고 해도 들은 척도 안했다. 아마 고모는 더 자려는 것 같았다.

할아버지는 상추쌈에 고등어를 싸서 밥 한 그릇을 다 비웠다. 나는 열무김치에 고추장을 넣어 비벼서 먹었다. 전에는 내 식성을 잘 모르던 할머니가 내가 먹을 반찬이 없다면서 소시지 부침이나 동그랑땡 같은 걸 해줬었는데 이젠 아예 밥상에 올리지도 않는다. 이곳 사람들은 열 두 살인 내가 어른들처럼 먹는 걸 신기하게 봤으나 나는 진짜로 시골스럽게 먹는 게 맛있다. 햄버거 피자는 할머니 말처럼 느글거려서 못 먹겠다.

아침을 먹은 할아버지는 오토바이를 타고 벌을 치는 곳으로 올라갔다. 설거지를 마친 할머니는 TV를 켜놓고 벌써 졸고 있다. 나는 심심해서 고모 방에서 컴퓨터 게임이나 하고 싶은데 고모가 자고 있어서 할 수가 없다. 고모는 왜 나가지도 않고 저렇게 잠만 자는지 모르겠다. 할아버지가 간 양봉장에나 가볼까 하다가 그것도 그만뒀다. 양봉장은 집 뒤에 있는 길을 따라 산 쪽으로 이십분 정도 걸어 올라가면 나오는데 가는 길에 큰 개가 으르렁대고 있어 엄두가 나지 않았다.

하는 수 없이 TV를 보고 있는데 어느새 또 할아버지 오토바이 소리가 났다. 할머니는 놀라서 벌떡 일어났다. 할아버지는 점심 약속 때문에 일찍 들어온 것 같았다. 12시까지 삼거리 식당으로 가려면 11시 반에는 출발해야 하니까 지금부터 서서히 준비하는 게 맞다. 할아버지는 꾸물대는 걸 제일 싫어한다. 그래서 할아버지는 약속 시간에 늦는 법이 없다.

방으로 들어간 할아버지가 양복을 입고 나왔다. 마을 사람들과 점심 한 끼 먹는데 무슨 양복까지 입고 가느냐고 할지 모르지만 우리 할아버지는 누구를 만나러 갈 때는 꼭 양복에 넥타이를 매고 갔다. 그건 공무원 생활을 했던 할아버지의 오래된 습관 같은 거라서 이미 할머니도 포기한 부분이다. 할아버지는 입안에 은단을 몇 알 털어 넣으며 나보고도 같이 가자고 했다. 나는 가고 싶지 않았지만 할아버지가 가자고 해서 따라나섰다. 할머니는 왜 같이 안가냐고 하니 밥 얻어먹는데 온 식구가 다 가는 건 창피하단다. 나는 차라리 나대신 할머니가 가면 좋겠는데 할아버지는 꼭 나를 부록처럼 달고 다녔다.

읍내에 있는 삼거리 식당에는 벌써 많은 사람들이 와 있었다. 방앗간 사장님 부부, 뒷집 석봉 아저씨, 이불가게, 슈퍼, 철물점 아저씨도 왔다. 옆집 필원이 아저씨는 아직 오지 않았다. 필원이 아저씨는 마을 사람들이 모이는 자리에 잘 나타나지 않는다. 조금 있으니 나 작가님도 왔다. 작가님은 원래 이 마을 사람이 아닌데 소설 쓴다고 내려와 있다. 시골에서는 외지인도 일단 마을에 들어오면 다 한 식구처럼 대하기 때문에 모여서 밥 먹을 일이 있을 때 꼭 작가님도 불렀다. 작가님도 워낙 성격이 소탈해서 이런 자리에 빼지 않고 잘 나타났다. 작가님은 나를 보더니 알은 채를 하며 자기 옆에 앉으라고 했다. 안 그래도 아이가 하나도 없어서 민망했는데 작가님이 챙겨줘서 고마웠다. 역시 배운 사람은 뭐가 달라도 다르다. 그래서 나도 작가님을 좋아한다.

사람들이 웬만큼 모이자 음식이 나왔다. 점심 메뉴는

복매운탕과 아귀찜이었다.

"모두 바쁘실 텐데 초대에 이렇게 응해주셔서 정말 고 맙습니다. 머 별 거 없지만 많이들 드세요."

이런 인사는 음식이 나오기 전에 미리미리 하면 좋은데 큰할아버지는 음식이 다 나온 다음에 해서 음식을 쳐다보 면서 먹지도 못하게 한다고 할아버지가 구시렁거렸다. 옆 사람들도 모두 수긍하는 듯 했으나 큰할아버지 앞이라 말 도 못하고 서로 눈치만 보았다.

"자 자 식기 전에 어서들 듭시다."

큰할아버지의 얘기가 길어질까 봐 할아버지가 말을 자 르고 나섰다. 할아버지가 수저를 들자 마을 사람들도 따라 서 먹기 시작했다. 마을 아저씨들은 맥주와 소주를 번갈아 마시며 점심을 거나하게 먹었다. 할아버지도 먹는 건 잘 먹었는데 목적이 개 도둑을 잡는 거라서 마을 사람들을 하 나하나 눈 여겨 보는 것 같았다. 혹여나 할아버지 눈치를 보는 사람이 없는지 그것도 살폈다. 그리고 어쩌다가 개 얘기가 나오면 그것도 귀담아 들었다.

"나 참 벌건 대낮에 개를 도둑맞았으니 이젠 시골도 믿 을 게 못 돼."

할아버지는 개 도둑을 본 사람이 없는지 물었으나 대답은 한결같이 못 봤다는 것이었다. 시골에서 개를 도둑맞는 일은 흔히 있는 일이니 마음에 담아두지 말라는 조언도 했다. 그러자 할아버지가 버럭 소리를 질렀다.

"남의 일이라고 그렇게 쉽게 말하지 말게. 자네 개를 도둑맞아도 그렇게 말할 수 있는가?"

할아버지의 개는 그냥 개가 아니었다. 동네에서 흔히 볼 수 있는 똥개 같으면 이러지도 않았다. 할아버지네 개는 순수 토종 진돗개였다. 그뿐인가. 바크는 할아버지의 친구이자 보디가드이자 머슴이었다. 바크는 할아버지의 사냥 길에 친구가 되어주었으며 토끼나 꿩을 물어다주기도 하고 산에서 멧돼지를 만났을 때 할아버지의 목숨을 구해준 적도 있었다. 그런 사연을 마을 사람들도 다 안다. 그런 개를 그렇게 쉽게 얘기하니 할아버지는 매우 섭섭했던 것이다.

"아니, 전 머 어차피 잃어버린 거니까 신경 써봐야 마음만 아프다는 뜻에서 얘기한 건데."

이불가게 아저씨가 기분 나쁜 표정을 짓자 혹시 싸움이라도 날까봐 옆 사람들이 참으라며 다독거렸다.

"개 훔쳐간 놈은 따로 있는데 왜 엄한 데 와서 이러냐고요, 제 말은."

이불가게 아저씨는 생각할수록 화가 난다는 표정이었다. 할아버지도 조금 심했다는 생각이 들었는지 코를 킁킁거리며 젓가락으로 다 식어빠진 아귀찜만 휘적거렸다.

"자 자 그만들 하고 우리 준석이 노래나 하나 해봐라. 아저씨가 용돈 줄게."

옆에 있던 방앗간 사장님이 주머니에서 만원을 꺼내 식탁에 올려놓으며 내 엉덩이를 툭툭 쳤다. 험악해지는 분위기를 수습하려는 의도에서 이러는 건 알겠으나 갑자기 당한 나는 어리둥절했다. 그러자 여기저기서 노래를 하라며 맞장구를 쳤다. 내가 얼굴이 벌개져서 당황해하자 할아버지가 아무 거나 한 곡 부르라고 부추겼다. 아무래도 그냥 넘어갈 수 있을 것 같지 않았다. 그런데 이런 데서 술맛 떨어지게 방탄소년단이나 에이핑크의 노래를 할 수는 없었다. 나도 그 정도 분위기는 안다. 나는 좀 빼는 척 하다가 요즘 핫한 영탁의 〈누나가 딱이야〉를 불렀다.

'누나가 딱이야 내 눈에 딱이야. 오늘부터 우린 짝이야 못이긴 척 안겨줄래. 내겐 딱 딱 누나가 딱이야. 남자답게

책임질게 내겐 딱 딱 누나가 딱이야.'

삼거리 식당이 들썩거릴 정도로 나는 박수를 받았다. 여기저기서 아저씨들이 돈을 꺼내 식탁에 올려놓았다. 할아버지가 이러지 말라며 돈을 돌려주려했으나 아저씨들이 강제로 내 주머니에 돈을 막 쑤셔 넣었다. 내 리사이틀은 성공이었다. 나는 시골에 가서 지내려면 트로트 한 곡쯤은 배워놓아야 할 것 같아서 유튜브를 보고 준비한 건데 이렇게 반응이 뜨거울 줄은 몰랐다. 내 노래 덕분에 개 얘기는 쏙 들어가고 분위기는 다시 화기애애해졌다. 할아버지도 흐뭇해하는 표정이었다. 나는 얼른 호주머니에 있는 돈이 얼만지 확인하고 싶었으나 집에 갈 때까지 참기로 했다.

할아버지가 먼저 가겠다고 일어섰다. 나도 자동으로 따라 나왔다. 할아버지는 나오면서 역시 이런 자리에는 오는 게 아니라며 쓴 소리를 했다. 노래도 성공을 거두었는데 뭐가 문제인가. 할아버지는 도둑맞은 개를 찾지 않고서는 뭘 해도 즐겁지 않은 듯 했다. 오토바이에 나를 태운 할아버지는 뜨거운 태양을 가르며 집으로 돌아왔다.

03

할아버지 집에 오고 나서 며칠이 어떻게 갔는지도 모르게 후딱 지나갔다. 내 친구들은 지금쯤 학원에 다니느라 정신없을 것이다. 벌써 중학교 과정을 공부하는 친구들도 많았다. 남들은 내가 학원도 안 가고 시골에서 노니까 우리 엄마 아빠가 대단히 열린 사고를 가진 사람인 줄 알겠지만 천만의 말씀이다. 우리 엄마 아빠는 내가 귀찮아서 시골로 보냈다.

"아들, 방학했으니 할아버지 집에 가야지? 지금 가면 살구 맛있게 익었겠다."

엄마는 방학하는 날 저녁에 돈가스를 구워주며 나긋나긋하게 말했다. 엄마는 할아버지 할머니가 나를 무지 보고 싶어 한다며 효도 차원에서 보내는 것처럼 말했지만 여름 방학을 나보다도 더 코 빠지게 기다려왔다는 걸 안다.

"이번 방학엔 안 가면 안 돼?"

나는 엄마를 떠보기 위해 슬쩍 딴지를 걸어 보았다.

"어머 왜? 너 시골 가는 거 좋아했잖아. 오라, 친구들이 없으니까 심심해서 그러는구나."

"응. 할아버지가 컴퓨터도 잘 못하게 하고."

그러나 그 정도에서 물러날 엄마가 아니다.

"그야 널 위해서 그런 거지. 내일 아침 먹고 출발할 거니까 준비해."

엄마는 그 말만 하고 나를 식탁에 남겨놓고 방으로 들어가 버렸다. 아마도 시골 가서 입을 옷들을 챙길 것이다.

엄마 아빠는 사이가 좋지 않다. 그래서 나는 동생도 없다. 어릴 때 나는 엄마와 아빠가 다투는 장면을 많이 보았다. 그런데 얼마 전부터는 싸우지도 않는다. 싸움도 정이 있어야 한다는데. 아빠는 집에 안 들어오는 날이 많고 어쩌다 들어와도 엄마는 밥도 차려주지 않는다. 엄마는 엄마대로 돈 벌러 다니느라 바쁘다. 우리 집은 아빠가 돈을 잘 못 벌어 와서 엄마가 화장품 가게에서 일하고 받아오는 월

급으로 산다. 몇 년 전까지는 아빠가 하는 일이 잘 돼서 3
학년 여름방학 때는 필리핀에 영어 연수까지 다녀왔었는
데 작년에 아빠가 하는 일이 잘 안되면서 학원가는 것도
쩔쩔 매게 되었다. 그래서 아빠가 나를 할아버지 집에 보
내자고 한 것 같다. 방학에 집에 있어봐야 엄마 아빠 안
좋은 꼴만 보고 학원도 못 가니까 차라리 시골 할아버지
집에 있는 게 낫다고 생각한 것 같았다.

　이유야 어찌 됐든 나는 시골이 좋다. 엄마 아빠는 마지
못해 나를 시골에 보냈지만 내가 시골 사람들과 얼마나 잘
노는지 엄마 아빠가 알면 놀랄 거다. 내 친구들은 시골에
가 있으면 심심하지 않냐고 하는데 절대 그렇지 않다. 오
히려 서울 아파트에 있으면 심심할 때가 더 많다. 서울은
학원 갈 때 빼고 집에 있을 때는 게임 말고는 할 게 없는데
시골에서는 컴퓨터 게임을 하지 않아도 재미있는 일이 많
이 일어난다. 오늘도 벌써 한 건 있었다.

　새벽 운동을 나갔던 할아버지가 자동차에 치여 죽은 오
소리 한 마리를 들고 왔다. 할머니는 산에 버리지 뭣 하러
들고 왔냐면서 얼굴을 찡그렸으나 할아버지는 오소리 쓸
개가 죽어가는 사람도 살리는 귀한 거라면서 잘 보관해야

한다며 신문지에 싸서 냉장고에 넣어두었다. 그걸 물 마시러 나온 고모가 냉장고에서 보고 너무 놀란 나머지 기절할 뻔해서 집안이 한바탕 뒤집어졌다.

서울에서는 이런 일은 상상도 할 수 없다. 나는 태어나서 오소리도 처음 보았다. 이런 얘기를 엄마에게 해주고 싶은데 할머니가 옆에서 고구마줄기를 다듬고 있어서 전화를 할 수가 없다. 엄마와 전화하고 있으면 할머니가 옆에서 욕을 바가지로 한다. 그걸 알고 엄마도 전화하지 않는다. 핸드폰이라도 있으면 문자하면 되는데 나는 핸드폰이 없다. 중학교 가면 사주겠다고 하니 참는 수밖에 없다. 서울 집에서는 엄마 핸드폰으로 전화를 하거나 문자를 했다. 엄마는 그걸 종종 아빠와 연락하는데 써먹기도 했다.

"준석아 아빠한테 문자 좀 넣어. 내일 시골 간다고."

엄마는 아빠한테 할 얘기가 있으면 꼭 나를 시켰다. 아빠도 내가 엄마 핸드폰으로 보낸다는 걸 알고 있다. 나는 아빠에게 문자를 보냈다. '아빠 어디야? 오늘 들어오면 안 돼? 나 내일 시골 가.' 그러면 아빠에게서 답장이 왔다. '아빠가 지금 중요한 일 때문에 지방에 와 있는데 내일 아침 일찍 들어갈게.' 그러다보니 엄마는 그걸 이용해서 아빠에게 할 말이 있을 때 가끔 내가 보내는 것처럼 하고 보냈다. 이를 테면 이런 거다. '아빠 어디야?' 이건 아빠가 며칠씩 안 들어올 때 엄마가 아빠 있는 데가 궁금해서 보내는 거고, '아빠 나 체육복 사야 돼,' 라든가 '아빠 내일 학원비 가져가야 돼,' 같은 건 엄마가 혼자서 내 경비를 담당하다가 한 번씩 열 받을 때 이렇게 돈 들어가는 데가 많으니 알고는 있으라는 뜻에서 보내는 거였다. 나는 엄마의 핸드폰에서 가끔 좀 이해하기 어려운 말도 종종 보았다. '자기 오늘 분홍색 원피스 정말 잘 받더라', '자기 오늘 죽이든데'. 엄마가 화장품 가게 아줌마와 전화 통화할 때 자기 어쩌고 하면서 얘기하는 걸 들었지만 원피스 얘기를 문자에서까지 하는 건 좀 이상했다. 그리고 엄마가 뭘 어쨌는데 죽여준다는 건지 도무지 모르겠다. 문자를 보낸 사람 이름이 밀크인 것도 이상했다. 화장품 가게 아줌마는 이미 박순천으로 저장되어 있었다. 그러나 물어볼 수가 없었다. 왠지 물어보면 안 될 것 같았다.

　냉장고에 넣어 둔 오소리를 보고 놀라 기절할뻔했던 고모가 외출복 차림으로 고모 방에서 나왔다. 남자를 만나러 가는지 화장을 진하게 했다.

"나 나갔다 올 테니까 냉장고에 있는 저 물건 흔적도 없이 치워놔요."

고모는 냉장고가 있는 주방에서 멀찍이 떨어져서 엄포를 놓았다. 할머니는 고모가 뭐라고 하건 말건 졸면서 고구마줄기만 다듬었다.

나는 고모가 나가는 게 좋다. 고모가 없어야 고모 방에 있는 컴퓨터를 마음대로 쓸 수 있으니까. 고모가 나와 놀아주는 일은 거의 없다. 고모는 자기 방에 있는 컴퓨터를 쓰게 하는 게 나한테 해주는 최대한의 고모노릇이라고 생각한다. 고모가 나한테 해준 게 딱 하나 있긴 하다. 내가 시골에 내려오던 날 터미널에 고모가 나를 데리러 왔다. 물론 그건 고모 스스로의 의지라기보다는 할아버지가 시키니까 마지못해 한 것일 거다. 매번 할아버지가 마중을 나왔었기 때문에 이번에도 할아버지가 올 줄 알았는데 고모가 나와서 좀 의외였다.

"니네 엄마 아빠도 참 그렇다. 이럴 때라도 한 번 다녀가면 어디가 덧나나?"

고모는 나를 보자마자 엄마 아빠 흉부터 보았다. 기분이 심드렁할 땐 사투리가 그대로 튀어나왔다. 나는 배낭을

맨 채로 말없이 고모 뒤를 졸졸 따라갔다.

고모가 나를 자동차 뒷좌석에 밀어 넣고 문을 쾅 닫고
는 어딘가로 전화를 걸었다. 통화를 하는 고모 얼굴이 수
줍게 변했다. 조금 전과는 생판 다른 얼굴이었다. 살짝 웃
으니 고모 얼굴도 그런대로 봐줄만 했다.

고모가 시동을 걸며 출발, 하고 경쾌하게 말했다. 고모
는 무척 기분이 좋아보였다. 고모를 저렇게 만든 사람이
누군지 궁금했다. 또 어떤 놈팡이나 건달이겠지. 이건 할
아버지식 표현이다. 어쨌거나 고마운 사람이다. 고모를
저렇게 나긋나긋하게 바꾸어 놓았으니.

터미널을 벗어난 고모차가 신작로를 쌩쌩 달렸다. 자동
차는 보라시에서 금방 갈색면으로 접어들었다. 눈에 익숙
한 시골 풍경이 펼쳐졌다. 나는 시골 냄새가 맡고 싶어서
유리문을 열고 싶었으나 고모가 에어컨을 켜놨다면서 못
열게 했다. 할아버지 집이 있는 주황리로 접어들자 마을
입구에 있는 소나무가 제일 먼저 나를 맞았다. 소나무를
보자 고속버스 냄새로 띵 하던 머리가 맑아졌다.

할아버지 집은 소나무 군락지를 지나 들판을 가로질러
가다가 길 왼편에 있었다. 주황리는 전부 열여섯 가구가

살기 때문에 집들이 드문드문 있었다.

고모차가 집 마당으로 들어서자 할머니가 반가운 얼굴로 뛰쳐나왔다. 고모는 내가 내리자마자 할머니와 인사할 겨를도 없이 휑하고 다시 집을 나갔다. 아마도 아까 전화하던 그 놈팡이를 만나러 가는 건가 보았다.

"저 저년 오자마자 또 어딜 저리 바쁘게 나가누."

할머니가 내 가방을 받아들며 혀를 끌끌 찼다.

"아이구 내새끼, 오느라 고생했다. 배고프재?"

할머니가 나를 얼싸 안았다. 할머니한테서 비릿한 냄새가 났다. 나는 그 냄새가 좋았다. 할머니 냄새니까. 할아버지는 텃밭에서 잡초를 뽑다가 나를 맞았다.

바크도 나를 보더니 꼬리를 살랑살랑 저었다. 나는 너무 반가워서 바크의 목을 끌어안았다. 바크가 혀로 내 볼을 핥았다. 간지러웠다. 바크는 내가 초등학교 입학할 때 우리 집에 왔다. 입학 기념으로 할아버지가 데려왔다고 했다. 개 나이 다섯 살이면 아저씨뻘이라고 했으나 나는 어려서부터 바크와 함께 커왔기 때문에 동생 같았다. 그래서 그런지 바크가 없는 할아버지 집은 상상할 수가 없었다. 내가 왔을 때 바크는 늘 한 가족처럼 언제나 그 자리에 있었다.

할머니가 고구마줄기를 다 다듬었는지 펴놓고 일하던 신문지를 움켜쥐고 주방 쪽으로 갔다. 그때 전화벨이 울렸다. 할머니가 주방에서 나오려다가 내가 있으니까 도로 들어갔다.

"여보세요."

나는 전화를 받았다.

"석이구나. 아빠야."

"응, 아빠."

아빠 소리에 할머니가 주방에서 일하다말고 나왔다.

"그날 잘 내려갔지?"

"응."

"미안해. 아빠가 못 데려다줘서."

할아버지 집까지 나를 데려다주는 건 아빠의 몫이었다. 그런데 작년 겨울방학부터는 터미널까지만 데려다주고 고속버스는 혼자 타고 가라고 했다. 아빠는 버스표와 카스테라와 우유를 내 손에 쥐어주며 힘없이 돌아섰다. 사업이 망한 후로 아빠는 할아버지 만나는 걸 꺼려했다. 엄마와도 할아버지와도 사이가 좋지 않은 아빠가 불쌍했다.

"괜찮아 아빠. 난 혼자서도 잘해."

"우리 석이 다 컸네. 근데 석아, 바크 없어지고 할아버지 화 많이 났니?"

"응, 엄청 많이. 아빠도 알아? 바크 없어진 거?"

"으응…… 할머니가 얘기해줘서 알았지."

"할머니가 얘기했구나. 나도 아빠한테 얘기하려고 전화했는데 안 받든데."

그때 할머니가 아빠와 통화하고 싶은지 바꿔달라고 했다.

"아빠, 할머니가 바꿔 달래."

"할머니가? 석아, 아빠 지금 바쁘니까 할머니하고는 나중에 통화하자고 해. 끊는다. 잘 지내고 알았지?"

아빠가 서둘러 전화를 끊었다.

"끊었는데?"

나는 수화기를 든 채로 할머니에게 말했다.

"뭐? 끊었어? 저런 나쁜 놈 봤나. 지 새끼만 중하고 어미는 안중에도 없구만."

할머니가 툴툴거리며 다시 주방으로 갔다. 잠시 후 할머니가 다시 나오며 물었다.

"아까 아빠랑 전화할 때 뭐를 할머니가 얘기했다는 거여?"

"으응, 바크 없어진 거."

"내가 하긴 뭘 해. 저랑 통화 한 거는 석이 니 내려간다고 터미널에서 전화통화 한 기 다구만. 할아버지가 얘기했나?"

그때 할아버지가 들어오는 소리가 들렸다. 할아버지는 또 바크를 찾아 헤맸는지 땀에 젖은 옷을 벗어놓고 곧장 욕실로 들어갔다. 할아버지가 바크 잃어버린 얘기를 아빠에게 했는지 물어보나 했는데 할머니는 그냥 곧장 주방으로 갔다. 나는 책을 가지러 내방으로 왔다.

말이 내방이지 실은 부엌 옆에 있는 조그마한 골방이다. 이방은 이것저것 쓸데없는 짐을 놓아두거나 고추를 말리거나 청국장을 뜨거나 하는 다용도 방인데 내가 올 때만 치우고 방으로 썼다. 할머니가 내가 온다고 열심히 치우긴 치웠는데 재봉틀과 쌀자루는 치우지 못했다. 상관없다. 짐만 넣어놓았지 방에서 지내는 일은 거의 없다. 잠 잘 때도 거실에서 놀다가 그냥 잤다. 지난겨울엔 고모가 서울에 있는 바람에 고모 방을 썼는데 그때도 거실에서 자는 일이 많았다.

읽을 책을 고르고 있는데 할머니가 옥수수를 먹으라고 불렀다. 나는 『삼국지』를 들고 거실로 나갔다. 옥수수가 김이 솔솔 나는 게 맛있게 생겼다. 나는 옥수수를 집어 한 입 베어 물었다. 옥수수 알이 입안에서 톡 터지며 쫄깃한 맛이 감돌았다. 할아버지가 욕실에서 나오며 냉수를 달라고 했다. 할머니가 가져다주자 한 컵을 벌컥벌컥 마시고는 옥수수는 거들떠보지도 않고 또 나갔다.

"옥수수 안 자시오?"

나가는 할아버지 뒤꽁무니에 대고 할머니가 말했다. 할아버지는 하루 세 번 먹는 밥 말고는 다른 걸 잘 안 먹는다.

그때 지나가던 달수 아저씨가 할아버지가 마당에 있는 걸 보고 들어왔다. 나는 얼른 나가서 인사를 드렸다.

"준석이 방학해서 왔구나."

이 마을 사람들은 모두 나를 안다. 시골은 대문이 없이 한 가족처럼 지내기 때문에 서로에 대해 너무나 잘 안다.

달수 아저씨는 할아버지에게 인사를 한 후 지금 갈색면에 나가는 길인데 구경도 할 겸 나보고도 같이 가자고 했다. 내가 쭈뼛거리니까 할아버지가 따라 갔다 오라고 했다. 나는 썩 내키지 않았지만 별로 할 일도 없는데다가 달수 아저씨가 생각해서 말해주는 거라서 따라나섰다. 이 마을 사람들은 나하고 놀아주는 것도 할머니 할아버지 일을 거들어주는 거라고 생각하는 것 같았다.

내가 달수 아저씨 트럭에 올라타자 부릉 하고 차가 떠났다. 아저씨는 내가 시골에 와서 지내는 게 용하다며 일단 추켜세우더니 슬그머니 고모가 집에 있는지 물었다. 아저씨가 나한테 잘해주는 척 한 건 다 딴 생각이 있어서다. 나는 지금 고모가 나가고 없다고 솔직하게 말했다. 남자를 만나러 나가는 것 같다는 말까지는 하지 않았다. 달수 아저씨도 알고 보면 불쌍한 사람이다. 아저씨는 복숭아 과수원을 크게 한다. 전에 할아버지 할머니가 하는 얘기를 들은 건데 과수원이 잘 돼 먹고사는 건 크게 지장이 없다고 했다. 결혼을 한 번 한 적이 있었는데 마누라가 도망을 갔는지 지금은 혼자라고 했다. 그렇기로 고모를 넘보다니 내가 생각해도 어이가 없다. 나는 고모를 별로 좋아하지도 않고 또 그닥 예쁘다고 생각하지도 않지만 아무래도 달수 아저씨는 아니다. 나이도 오십이 다 되어가는 데다가 홀아

비 아닌가. 고모가 알았다가는 눈 뒤집어질 일이다. 할아버지도 달수 아저씨를 다시 안 본다고 할지도 모른다. 달수 아저씨도 그걸 아니까 할아버지 있는 데서는 말도 못 꺼내다가 만만한 나한테 슬쩍 고모 얘기를 떠본 것이다. 아저씨는 고모에 대해 이것저것 몇 가지를 더 물어보더니 너무 속이 보인다고 생각했는지 은근슬쩍 말을 돌리며 내게 만두 좋아하냐고 물었다. 나는 물론 고모도 만두라면 죽자 사자 한다고 했더니 무슨 대단한 찬스라도 잡은 사람처럼 아저씨 얼굴이 확 펴졌다.

갈색면에 도착한 아저씨는 철물점 앞에 잠시 차를 세우고는 얼른 들어가서 톱과 못을 사가지고 나왔다. 그리고 마트에 들려 몇 가지 필요한 물품을 산 후 만두 가게 앞에서 차를 세웠다. 아저씨는 만두 가게에 들어가더니 한참이나 있다가 나왔다. 만두를 얼마나 많이 샀는지 두고두고 먹어도 남을 것 같았다. 아마도 가게에 있는 만두를 전부 긁어온 것 같았다. 고모 덕분에 나만 호강하게 생겼다.

아저씨가 만두가 담긴 봉투를 내 가슴에 푹 안겨주고는 트럭을 출발시켰다. 만두가 뜨끈했다. 골목을 빠져나오는데 청림 다방 앞에 고모 차가 세워져 있는 게 보였다. 나도 모르게 만두 봉지를 꽉 움켜쥐었다. 아저씨는 보지 못한 것 같았다. 다행이었다.

달수 아저씨는 나를 다시 할아버지 집에 떨어뜨려놓고 곧장 가버렸다. 혼자 가는 아저씨가 좀 쓸쓸해 보였다. 가족이 없는 사람은 불쌍하다. 아마 우리 엄마 아빠도 조만간 혼자가 될 확률이 높았다. 그럼 나는 어떻게 되는 걸까.

할머니가 만두를 보더니 웬 거냐고 물었다. 나는 달수 아저씨가 사줬다고 말했다.

"이 많은 걸 누가 먹으라고."

"누가 먹긴요. 고모가 먹으면 되지."

나는 달수 아저씨의 흑심을 생각하며 혼자 킬킬댔다. 영문 모르는 할머니는 나 먹을 것만 조금 덜어놓고 곧장 냉장고에 넣었다. 날씨가 더워 음식을 밖에 두었다가는 금방 다 상했다. 그새 할아버지도 어디 갔는지 오토바이가 보이지 않았다. 고모는 밤늦게야 들어올 것이다. 나는 컴퓨터를 하러 고모 방으로 들어갔다.

04

서울 갔던 나 작가님이 돌아왔다. 할아버지는 작가님에게 가져다준다고 할머니에게 김치를 좀 싸라고 했다. 할머니가 김치를 담아주자 할아버지는 곧장 들고 작가님 집으로 갔다. 김치통 위에는 마당에서 금방 딴 포도 두 송이가 놓여 있었다.

작가님은 마당에서 풀을 뽑다가 할아버지를 맞았다.

"아이고 어르신, 제가 금방 가서 뵐 건데요."

"아 아닙니다. 석이 할미가 열무김치가 맛있게 익었다고 자랑을 늘어놓길래 그것도 좀 드릴 겸해서…….."

"이거 참 번번이."

작가님이 김치를 받아 평상에 올려놓았다. 시골에서 김

치를 나눠먹는 건 흔한 일이다. 혼자 지내는 작가님 김치는 거의 할머니 몫이었다.

"올핸 포도도 아주 잘되었네요."

작가님이 포도를 한 알 떼어 맛을 보며 포도에 대한 인사도 빼먹지 않았다.

"이거 제가 냉장고에 넣어놓고 올게요."

내가 평상에 있는 김치와 포도를 들고 안으로 들어갔다. 할아버지와 작가님이 대견스레 나를 보는 게 뒤통수로 느껴졌다.

나 작가님 냉장고는 텅텅 비어 있었다. 맥주만 몇 병 들어있지 도대체 먹을 거라고는 없었다. 아무리 남자 혼자 사는 집이라지만 너무 했다. 작가님은 먹을거리를 냉장고가 아니라 주로 밭에서 조달했다. 고추, 상추, 호박, 오이 같은 건 기본이고 사람들 눈에 잘 띄지 않는 미나리, 두릅, 가죽나물 같은 것도 어디서 잘도 구해왔다. 애초부터 시골 사람이면 그러려니 하겠는데 작가님은 집이 서울이다. 원래 서울 사람인데 소설 쓴다고 친구의 빈 집을 빌려 내려와 있는 중이다. 할아버지 말에 의하면 소설은 핑계고 부부 사이가 안 좋아 피난 삼아 내려와 있는 거라고 했다.

할아버지 말이 맞는 것도 같다. 나 작가님은 명색이 작가인데 글 쓰는 건 별로 본 적이 없다. 무슨 문학잡지로 소설가 데뷔를 했다고 하는데 할아버지는 그런 잡지는 들어본 적도 없다고 했다. 그래도 시골에서는 작가님으로 통했다. 작가님도 나 작가님이라고 불러주는 걸 좋아했다. 나 작가님은 나보고도 작가님이라고 부르라고 했다. 나는 처음에 아저씨라고 불렀었으나 작가님이 그렇게 부르지 말라고 해서 동네 사람들처럼 작가님이라고 불러주었다. 나 작가님은 작가라는 걸 내세우기 위해 툭하면 문학 모임이 있다면서 서울 나들이를 했다. 작품은 안 쓰면서 문학 모임에만 나가는 게 무슨 작가냐며 할아버지는 뒤에서 흉을 보았지만 그래도 이 마을에서 유일하게 대화가 통하는 게 나 작가님이라면서 할아버지는 틈만 나면 작가님 집에 놀러왔다.

나도 나 작가님을 좋아하는 건 할아버지 못지않다. 우선 작가님은 나하고 잘 놀아 준다. 작가님은 상추가 어떻게 자라는지 배추벌레는 왜 생기는지 고구마는 언제 캐는지 등등 자연에 관한 얘기를 많이 해주었다. 작가님은 서울에 사는데 어떻게 그렇게 잘 아느냐고 하면 어릴 때 시골에서 자랐기 때문에 식물에 대해 많이 안다고 했다. 작가님은 집은 서울에 있는지 몰라도 시골사람보다도 더 시골스러웠다. 그러니 시골에 와서 사는 거겠지. 그건 왠지 나와도 비슷하다. 집은 비록 서울에 있지만 나는 시골이 더 좋다. 아파트보다 할아버지 집 황토방이 더 좋고 햄버거보다 찐 감자가 더 맛있다. 내가 나 작가님과 친한 건 그런 점이 닮아서다. 작가님이 식물에 대한 얘기를 많이 해주면 대신 나는 컴퓨터에 대한 얘기를 해주었다. 작가님은 컴퓨터를 하다가 모르는 게 있으면 나한테 물어보았는데 별로 어렵지 않은 거라서 나는 잘 가르쳐주었다.

마당으로 나오니 할아버지와 작가님이 평상에 앉아 또 정치 얘기를 하고 있었다. 두 분은 만나기만 하면 정치 얘기를 했다. 그래도 다행인 것이 좋아하는 정치인이 같아서 싸울 일은 없었다. 할아버지가 먼저 어떤 사람 편을 들어 얘기하면 작가님도 덩달아 잘한다고 칭찬했다. 작가님이 어떤 사람 욕을 하면 할아버지도 나쁜 놈이라고 거들었다. 그 사람들은 모두 뉴스에서 많이 들어보던 이름이었다.

할아버지와 나 작가님이 얘기하는 동안 나는 창고 옆에 있는 으름나무 열매를 따먹었다. 으름나무 열매는 익으면 좍 벌어지는데 흰 자벌레처럼 생겨서 징그럽긴 하지만 입에 넣으면 부드럽고 달았다. 그러나 씨가 너무 많아서 먹는 것보다도 버리는 게 더 많았다. 그래도 흔치 않은 열매라서 나는 작가님 집에 올 때마다 따먹었다.

"참 그런데 개 소식은 머 들은 거 없어요?"

작가님이 갑자기 도둑맞은 바크 얘기를 꺼냈다.

"듣긴요. 어느 놈이 훔쳐가고 나 훔쳐갔소 하는 놈이 있겠어요?"

작가님은 괜시리 또 바크 얘기를 꺼내서 할아버지를 신경 쓰게 했다.

"잊어버리세요. 개를 훔쳐간 놈을 어딜 가서 잡겠어요. 벌써 언 놈 뱃속에 들어갔다가 똥 되어 나왔을 텐데."

할아버지 얼굴이 묘하게 일그러졌다. 작가님은 그걸 위로라고 하고 있는가. 작가라는 사람이 말도 더럽게 할 줄 모른다. 할아버지가 바크를 얼마나 애지중지 하는지 알면서 저런 얘길 아무렇지도 않게 하다니.

"내 그 도둑놈을 꼭 잡고야 말거요."

할아버지에겐 작가님도 의심의 대상에서 예외가 아니었다. 개가 끌려갈 때 짖지 않은 점으로 미루어 동네 사람의 소행이라는 것이다. 물론 마취 총을 쐈을 수도 있고 입마개를 했을 수도 있지만 훤한 대낮에 식구들도 다 있는 데서 없어진 걸 보면 늘상 가족처럼 자주 드나들던 사람이라야 그럴 수 있다는 것이다. 개가 없어지던 날, 할아버지는 개를 찾으러 여기저기 다니다가 작가님 집에도 갔었다. 그런데 평소 집에 잘 있던 작가님이 그날따라 어딜 갔는지 하루 종일 보이지 않다가 밤이 이슥해서야 나타났다. 물론 그것만으로 작가님을 의심할 수는 없다. 설마 작가님이 그런 짓이야 했겠는가.

"전단지라도 만들어서 뿌려봐야겠소."

할아버지는 바크가 영 포기가 안 되는 모양이었다. 내 마음도 그런데 할아버지는 오죽할까.

"그게 먹힐까요? 잃어버린 개라면 모를까, 작정하고 훔쳐간 거라면 누가 개 여기 있소 하고 가져오겠어요? 괜한 헛수고지."

"그래도 혹시 알아요? 어디서 연락이 올지. 누가 훔쳐갔는지 알기만 해도 좋으련만. 에이."

할아버지가 벌 밥줄 시간이라며 오토바이를 타고 양봉장으로 갔다. 할아버지가 작가님 집에 머무르는 시간은 언제나 30분이 채 되지 않았다. 할아버지는 어디 한 군데 지긋이 눌러있지 못했다. 양봉장도 하루에 네다섯 번을 들락거렸다.

"저도 갈래요."

할아버지가 가고 나자 나도 왠지 더 있기가 싫어졌다.

"왜 더 놀다 가지."

말로는 놀다가 가라고 하면서 작가님은 다시 허리를 굽혀 마당의 풀을 뽑았다. 그때 까똑 하고 작가님 핸드폰으로 문자가 왔다. 작가님은 굽혔던 허리를 펴고 일어나 문자를 확인했다. 글자가 잘 안 보이는지 눈을 가늘게 뜨고 멀찍이 떨어져서 보았다. 작가님 표정이 사뭇 진지해지더니 정성껏 답을 보냈다. 그러자 다시 까똑 하는 소리가 났다. 저쪽에서는 답이 금방 왔다. 작가님이 또 뚜벅뚜벅 답을 찍어 보냈다. 그러자 또 까똑 했다. 나는 할아버지 집으로 돌아왔다.

05

개를 찾습니다

품종 : 흰 진돗개(암놈)

잃어버린 날짜 : 7월 26일 대낮

잃어버린 장소 : 보라시 갈색면 주황리 21번지 집 마당

연락처 : 집) 033-678-XXXX

　　　　핸드폰) 010-3699-XXXX

개를 보셨거나 데리고 있는 분은 연락주시면 후사하겠습니다.

혹시 모르고 데려갔던 분도 마음이 변하여 돌려주시면 잘못
을 묻지 않겠습니다.

꼭 연락 주십시오. 저에겐 소중한 가족입니다.

06

　전단지를 붙인 게 효과가 있었는지 이틀이 지나자 전화가 걸려 왔다. 전화를 걸어온 남자는 갈색면에 있는 농협마트 앞에서 전단지를 봤다면서 아무래도 자기가 본 개가 전단지 사진에 있는 개 같으니 와서 확인해보라고 했다. 할아버지는 당장 가겠으니 위치를 알려달라고 했다. 그러면서 아직 찾지도 않았는데 전화기에다 대고 고맙다는 인사를 몇 번이나 했다.

　일러준 곳으로 달려가니 개가 있기는 있었는데 우리 개는 아니었다. 공터 같기도 하고 밭 같은 곳에서 흰 개 한 마리가 쓰레기 더미를 뒤지고 있었는데 완전 시골에 떠돌아다니는 똥개 수준이었다. 할아버지는 기대를 잔뜩 하고 갔다가 아닌 걸 알고 어깨에 힘이 쭉 빠졌다. 할아버지는 운전할 기운도 없는지 자동차에 올라앉은 채 한참을 가만히 있었다. 할아버지는 개를 데리고 가기 위해 오토바이도 안타고 차를 가지고 왔었다.

차에서 잠깐 휴식을 취한 할아버지는 자동차 뒷자리에서 전단지 뭉치와 스카치테이프를 꺼내 들고 차에서 내렸다. 그리고 또 전단지를 붙였다. 이쪽 동네는 아직 전단지를 붙이지 않아서 마침 잘되었다. 나는 할아버지를 졸졸 따라다니면서 전단지 붙이는 것을 도왔다. 전단지는 사람들이 잘 다니는 벽과 슈퍼 옆 그리고 전봇대 같은 곳에 붙였다. 사람들이 지나가다가 뭔가 하고 흘끔거렸다.

길을 따라 내려오다 보니 어느새 시장까지 와 있었다. 시장이 왜 이렇게 북적거리나 했더니 오늘이 장날이었다. 갈색면은 2일과 7일에 장이 섰다. 할아버지는 출출하다며 뭘 좀 먹고 가자고 순대를 파는 좌판에 앉았다. 할아버지는 순대와 찹쌀 도넛을 시키고 막걸리도 한 병 달라고 했다. 차를 가지고 와서 할아버지가 술을 마시는 게 조금 걱정되었지만 가만있었다. 개 때문에 공친 날은 할아버지도 술을 한 잔 해야 한다.

"석이 할아버지 나오셨어요?"

마을 사람들이 지나가다가 할아버지를 보고 인사 했다. 모두 아는 사람들인지라 할아버지는 인사를 받기 바빴다.

예쁜 아줌마가 순대와 도넛을 할아버지와 내 앞에 내놓았다. 아줌마는 찹쌀 도넛을 접시에 놓기 전에 설탕 통에 넣어 돌돌 굴려 설탕을 묻혀가지고 담았다. 예쁜 아줌마는 뇌성마비 아들과 둘이 산다고 전에 할아버지가 그랬다. 저렇게 예쁜 아줌마에게 그런 슬픔이 있다니. 그래서인지 할아버지는 장에 오면 꼭 이 아줌마 가게에서 한 잔 했다. 아마도 아줌마가 예뻐서겠지.

장터 국수집에서는 필원이 아저씨가 국수를 먹고 있었다. 장날엔 문을 활짝 열어놓고 장사를 하기 때문에 안이 다 보였다. 필원이 아저씨 옆에는 젊은 여자가 있었다. 그 사이에 또 애인이 바뀌었나보다. 저번날에는 키가 작고 통통한 여자였는데 오늘은 마르고 머리가 길다. 필원이 아저씨 부인이 살아있을 때는 다른 여자와 같이 있는 걸 좀 안좋은 눈으로 보기도 했으나 부인이 죽은 후로는 오히려 여기저기서 여자를 소개해주려고 난리다.

필원이 아저씨 부인은 작년 여름 비 오는 날 집 앞에서 물에 빠져 죽었다. 이렇게 얘기하면 사람들은 으레 태풍이나 홍수에 사고가 나서 죽은 줄 알겠지만 사실 그렇게 큰 비가 아니었다. 아저씨 부인은 비 오는 날 밤 늦게 술을 마시고 농수로에 빠져서 죽었다. 필원이 아저씨네 집 앞에는 장마나 홍수에 대비해서 물이 잘 빠져나가도록 만들어놓은 수로가 있는데 거기에서 미끄러지면서 물살에 떠밀려갔다. 얼마나 밀려갔는지 다음 날 이 킬로미터나 떨어진 곳에서 발견되었다. 나는 작년 여름방학에도 할아버지 집에서 지냈기 때문에 그 사건을 또렷이 기억하고 있다. 나는 지금도 가끔 한 번씩 그 수로에 가서 아래를 내려다본다. 깊이가 겨우 내 키 정도나 될까. 어른이 빠져죽기에는 터무니없이 낮았다. 사람이 죽는다는 건 뭘까. 그렇게 갑자기 죽을 수도 있는 걸까. 참 어이가 없었다. 아줌마는 별로 행복하게 살다가 간 것 같지 않았다. 필원이 아저씨가 은근히 바람둥이라서 아줌마가 속이 많이 썩었다고 했다. 아줌마가 죽던 날도 필원이 아저씨 바람피운 일로 크게 다투다가 홧김에 술을 먹고 나가 그렇게 되었다고 했다. 아줌마를 산에 묻고 온 필원이 아저씨는 마당에 불을 피워놓고 아줌마 물건들을 태웠다. 그렇게 태워주어야 영

혼이 잘 간다고 했다. 그런데 아줌마를 떠나보내는 아저씨 얼굴은 그리 슬퍼 보이지 않았다.

필원이 아저씨가 국수를 다 먹었는지 여자와 함께 나왔다. 나를 보고는 손을 흔들더니 할아버지를 보고는 겸연쩍은 듯 고개를 꾸벅 했다. 아마도 옆에 있는 여자 때문인 것 같았다. 여자가 없었으면 할아버지에게 와서 막걸리 한 잔 하고 갔을 텐데 좀 아쉬웠다.

할아버지가 막걸리 한 병을 더 시켰다. 어떻게 집에 가려고 그러는지 나는 조금 걱정이 되었다. 할아버지가 시계를 보더니 두시 반 버스를 타고 가자고 했다. 할아버지는 차를 두고 버스를 타고 갈 요량인 것 같았다. 주황리로 들어가는 버스는 하루에 세 번 있었다. 아침에 한 번, 점심에 한 번, 저녁에 한 번. 버스를 타고 가는 것도 나쁘지 않다.

술을 다 마신 할아버지가 전단지 꾸러미에서 한 장을 꺼내 예쁜 아줌마에게 주었다. 아줌마가 전단지를 한참 내려다보더니 "개를 잃어버리셨군요." 하더니 어쩌나, 하며 혀를 끌끌 찼다.

"혹시 보시면 꼭 연락주세요. 거기 있는 번호로요."

할아버지가 돈을 치르고 시장을 나왔다. 전단지를 자동차에 가져다놓고 가려나 했는데 할아버지는 자동차까지 걸어갈 힘이 없는지 전단지를 안은 채 곧장 버스 타는 곳으로 갔다. 할머니와 아주머니 몇 분이 슈퍼마켓 앞에 쪼그리고 앉아 버스를 기다리고 있었다. 장바구니와 보자기 밖으로 콩나물 프라이팬 파리채 같은 장 본 물건들이 삐죽이 보였다. 길모퉁이에 있는 슈퍼 앞이 정류장이었다. 버스를 기다리는 동안 나는 전단지를 꺼내어 나눠 주었다. 할아버지가 흐뭇하게 나를 바라보았다. 그런데 전단지를 본 사람들의 표정이 모두 무심했다. 한 번 흘깃 보고는 대수롭지 않다는 듯 보따리 속에 구겨 넣었다. 버스가 왔다. 기다리던 사람들이 하나 둘 버스에 올랐다. 장날이라고 뭘 그렇게들 많이 샀는지 보따리가 사람보다 많았다. 빈 함지박을 들고 타는 할머니도 있었다. 농사지은 걸 장에 가져와 다 팔고 가는 모양이었다. 할아버지는 버스에 오르자마자 꾸벅꾸벅 졸았다. 그 모습이 처량해보였다. 할아버지를 위해서라도 바크가 꼭 좀 돌아와 주었으면 좋겠다.

07

나 작가님이 할아버지 집에 와서 차를 좀 빌려달라고
했다. 서울에서 손님이 오기로 해서 마중을 나가야 한다는
것이다. 할아버지는 차를 잘 안 빌려주는데 나 작가님이
부탁하니 하는 수 없이 키를 내주었다. 고모가 차를 써야
하는데 빌려주면 어떡하냐며 슬쩍 딴지를 걸었지만 할아
버지는 고모의 볼일 같은 건 신경 쓰지 않았다. 나는 별로
할 일도 없고 해서 작가님 따라 드라이브나 가고 싶었지만
작가님이 같이 가자는 말이 없어서 그만뒀다. 나 작가님은
약간 들떠보였으며 왠지 모르게 서두르는 기색도 역력했
다. 작가님도 웬만하면 나보고 같이 가자고 했을 텐데 오
늘은 누가 오는지 온통 정신이 다른 데 있는 사람 같았다.

그때 고모가 나서서 한 마디 툭 던졌다.

"준석이 너도 따라갔다 와. 나 작가님 심심하실라."

고모는 차도 뺏긴 김에 못 먹는 밥에 재나 뿌리자는 심사로 내 등을 떠밀었다.

"아니야 고모. 난 할 일이 있어서 못 가."

"쬐그만 게 할 일은 무슨."

고모가 내 머리를 한 대 쿡 쥐어박았다.

나 작가님이 차에 오르며 슬쩍 할아버지 눈치를 보았다. 저건 데려가고 싶지 않다는 표현이다. 같이 가고 싶었으면 고모 말이 떨어지자마자 아니 고모가 얘기를 꺼내기도 전에 먼저 나보고 가자고 했을 것이다. 그게 자동차를 빌리는데 덜 미안하기 때문이다.

"그래, 갔다 오든지."

웬일로 할아버지가 갔다 오라고 한다. 나 작가님이 생각을 바꾸었는지 더 망설이지 않고 나보고 타라고 했다. 나는 작가님 옆자리에 탔다.

"무슨 놈의 작가가 저래. 차도 하나 없이 맨날 남의 차나 빌려 타고."

고모가 들어가면서 투덜댔다.

자동차가 할아버지 집을 나와 시골길을 덜컹거리고 달렸다. 햇볕이 워낙 뜨거워서 차도 별로 다니지 않았다. 소나무 밭에 있는 원두막에 영구 아저씨가 나와 앉아서 연신 땀을 닦다가 우리를 보고 손을 흔들었다. 영구 아저씨는 이런 날에도 쉬지 않고 일을 나왔다. 지금은 너무 더워 원두막에서 땀을 식히고 있었다.

나 작가님이 터미널이 아닌 기차역에 차를 세웠다. 오시기로 한 손님이 멀미가 심해서 고속버스를 못 탄다고 했다. 나도 기차를 좋아하지만 비싸서 늘 고속버스를 타고 다녔다.

나 작가님이 얼마나 부지런을 떨었는지 역에 도착하고 나서도 30분이나 기다려서야 기차가 도착했다. 나 작가님은 플랫폼에 나가서 손님을 기다렸다. 한 무리의 사람들이 쏟아져 나오고 손님을 발견한 작가님이 다가가서 얼싸안듯 좋아라 하며 가방을 받아 들었다.

손님은 젊고 예쁜 여자였다. 물론 작가님에 비해 젊다는 얘기다. 고모 또래쯤 되어 보인다고나 할까. 여자는 청바지에 줄무늬 티셔츠를 입어 차림새는 평범했지만 피부가 뽀얀 게 이런 시골에는 어울리지 않았다. 나 작가님은 뭐가 그리 좋은지 내내 싱글벙글하였다. 작가님은 나는 안중에도 없고 그 여자만 쳐다보며 자동차 있는 곳으로 걸어 갔다. 나는 딴전을 피우는 척 하면서 두 사람을 졸졸 따라 갔다.

"차 샀나보네. 좀 낡긴 했지만."

여자가 자동차를 보고 반가워했다.

"아냐, 옆집에서 빌렸어."

나 작가님은 여자와 무척 친한 사이인지 반말을 하며 겸연쩍게 웃었다.

여자가 그럼 그렇지, 하는 표정으로 입을 잠깐 실룩거 렸다.

나 작가님이 자동차의 앞문을 열자 여자가 탔다. 덕분 에 나는 뒷좌석으로 밀려났다.

"이 아이는 누구에요?"

여자가 나를 보자 놀라서 물었다.

"으응? 옆집에 사는 내 친구. 준석아 인사드려. 서울서 온 아저씨 친구야."

나 작가님은 무조건 친구란다. 나도 친구고 이 여자도 친구고. 척 보기에도 애인 같은데.

"안녕하세요?"

나는 꾸벅하고 인사를 했다.

"오 그래? 귀엽게 생겼네."

사람들은 마땅히 할 말이 없으면 귀엽단다. 사실 내가 좀 귀엽게 생기기는 했지.

"배고프지? 조금만 참아. 금방 가니까."

나 작가님이 얼른 출발했다. 나는 일부러 자는 척 했다. 왠지 두 사람에게 방해가 되고 있다는 느낌이 들었다. 이 래서 작가님이 나를 데려가지 않으려고 했구나. 고모는 그 래서 나를 따라가라고 했고.

나 작가님이 갈색면 마트에서 차를 세웠다. 먹을 걸 좀 사오겠다며 차에서 잠깐 기다리라고 했다. 나는 계속 자는 척 했다. 여자가 뒤를 한번 흘끔 돌아보더니 가방에서 콤 펙트를 꺼내어 얼굴을 톡톡하고 두드렸다. 마트에 갔던 작 가님이 잠시 후에 헐레벌떡 돌아왔다. 고기와 쌈장을 샀다 고 했다. 내가 실눈을 뜨고 보니 비닐봉지에 맥주도 서너 병 들어있었다.

"아직 멀었어요?"

자동차가 출발하자 여자가 차창 밖을 휘 둘러보며 물

었다. 여자는 이곳이 처음인 듯 했다.

"다 왔어. 저기야."

나 작가님이 턱짓하는 곳에 빨간 기와지붕을 한 집이 있었다. 척 봐도 너무 낡고 초라했다. 집이 한쪽으로 조금 기울어 태풍이나 눈이 많이 오면 금방이라도 무너질 것 같다. 그 옆이 필원아저씨 집이고 그 옆이 할아버지 집인데 너무 비교가 된다. 사람이 안 살던 오래된 친구 집을 청소해서 사는 거니 그럴 수밖에 없었다. 그래도 나 작가님이 와서 살기 시작하면서 마당의 풀도 뽑고 꽃도 심고해서 제법 사람 냄새 나는 집으로 바뀌었다.

여자 손님이 조금 난감한 표정을 지었다. 시골집이라 예상은 했으나 저 정도라고는 생각하지 못한 듯했다.

나 작가님은 할아버지 집에 들리지 않고 곧장 자기 집으로 갔다. 다른 때 같았으면 먼저 차를 돌려주고 걸어서 집으로 갔는데 오늘은 여자가 타고 있어서 그런지 곧장 갔다.

내가 차에서 내리자 여자도 따라서 내렸다. 나 작가님이 여자더러 잠시 있으라 하고는 차를 돌려주고 오겠다며 나갔다.

"너 이 동네 사니?"

여자가 나를 보고 물었다.

"집은 원래 서울인데 방학이라 할아버지 집에 놀러와 있는 거예요."

"그래? 몇 살?"

"열두 살요."

"그럼 초등학교 5학년?"

"네. 누나는 나 작가님 애인이에요?"

"어머, 어린 애가 별소릴 다하네. 애인은 무슨. 그냥 좀 아는 사이지. 그리고 누나라니, 아줌마라고 불러. 내가 결혼했으면 너 만한 애가 있을 텐데."

이 누나, 아니 이 아줌마 참 이상하다. 여자들은 아줌마라고 하면 질색하면서 누나라고 부르라고 하는데 이 누나는 먼저 아줌마라고 하란다. 하기야 우리 엄마보다도 나이가 많아 보이니 그럴 만도 하다. 일단 그 점은 맘에 든다. 우리 고모처럼 자기 주제도 모르고 아줌마라고 하면 성질부터 내는 사람은 아니니 말이다.

"애, 아니 참 이름이 준석이라고 했나? 화장실이 어디니?"

"화장실요? 저기요."

나는 창고 옆에 있는 화장실을 손으로 가리켰다.

"어머, 푸세식인가보네. 난 수세식이 아니면 안 되는데."

여자가 얼굴을 찡그리며 안절부절 못했다. 나는 아무 말도 할 수 없었다. 괜찮다고 할 수도 없고 우리 할아버지 집 화장실을 쓰라고 할 수도 없었다. 여자가 발을 동동 구르더니 집 뒤쪽으로 갔다. 나는 모른 척 했다. 여자는 내가 어려서 뭘 모른다고 생각하는지 그런 행동을 아무렇지도 않게 했다. 그때 할아버지 집에 갔던 나 작가님이 돌아왔다.

"어? 같이 온 누나 어디 갔니?"

"누나요? 몰라요."

"모르다니. 같이 있었잖아."

"그러게요. 금방 있었는데 어딜 갔지? 저 뒤에 갔나?"

나는 능청을 떨었다. 나 작가님이 누나를 찾는다고 집 뒤쪽으로 갔다. 작가님이 누나라고 부르니 나도 누나라고 부르기로 했다. 아줌마는 내가 생각해도 좀 그렇다. 누나. 얼마나 멋진 말인가. 누나가 딱이다.

그때 뒤쪽에서 누나의 비명 소리가 들리고 얼굴이 벌개진 작가님이 얼른 튀어나왔다.

　"너 이 자식, 어른을 놀리고 그래."

　나 작가님이 내 머리를 한 대 쥐어박았다. 그러면서 작가님도 웃긴지 웃음을 못 참고 키득거렸다. 나도 따라 웃었다. 그때 누나가 뒤꼍에서 나오며 소리쳤다.

　"나 도로 서울 갈래요. 화장실이 없다는 얘기는 왜 안했어요?"

　"화장실이 없긴 왜 없나? 저기 저렇게 있는데."

　"몰라 몰라! 살면서 이런 망신 처음이야. 야, 너 집에 가."

　누나가 괜한 화풀이를 나한테 했다. 내가 좀 심했나. 여자의 자존심은 지켜줬어야 했는데. 누나가 나를 미워하면 어쩌나 하는 생각이 들었다. 낮에 작가님 집에 와서 놀아야 하는데 누나에게 밉게 보이면 오기가 어렵기 때문이다.

　"너 이 자식 어른 놀리면 못써. 배고픈데 빨리 밥이나 해먹자."

　나 작가님이 내게 눈을 찡긋해보였다. 여자 편을 들어줘야 하루가 편하다는 걸 작가님도 알고 나도 알기 때문에 여자의 앙탈쯤 그냥 넘어가주기로 했다.

나 작가님이 고기를 굽기 위해 마당에 불을 피웠다. 누나와 내가 불 옆에서 놀고 있는 사이 작가님은 어느새 텃밭에서 상추를 한 바구니 따가지고 와서는 수돗가에 쭈그리고 앉아서 씻었다. 누나가 그걸 보더니 수돗가로 가서 함께 씻었다. 그 모습이 오래된 부부 같다. 작가님은 어디서 저렇게 착하고 예쁜 여자를 만났을까? 작가님은 비주얼이 영락없는 시골 아저씨다. 어른들 세계는 참 알다가도 모를 일이다.

누나가 상추를 씻어 평상에 올려놓자 작가님이 조금 전에 장 봐온 비닐봉지에서 고기를 꺼내 불 옆으로 왔다. 나 작가님은 남은 불들을 평평하게 고른 후 그 위에 석쇠를 놓고 돼지고기를 올려놓았다. 고기가 지글거리며 익는 소리가 났다. 나는 점심을 먹었는데도 고기를 보자 또 침이 꼴깍 넘어갔다. 배고플 때가 되기도 했다. 어느새 날이 저물고 있었다. 할아버지가 양봉장에 가는지 오토바이를 타고 지나가다가 이쪽을 흘끔 보았다. 다른 때 같았으면 잠시 오토바이를 세워놓고 작가님과 몇 마디 말을 주고받고 가는데 오늘은 여자 손님이 있어서 그런지 모른 척하고 그냥 지나갔다.

나 작가님이 익은 고기를 들고 평상으로 왔다. 고기가 익는 사이 누나는 상추와 고추와 마늘 등을 준비해놓고 쌈 장도 먹기 좋게 종지에 떠놓았다. 누나는 아까 화장실 때문에 까다롭게 굴던 것과는 영 딴판이었다. 이곳에서 오래 생활한 것처럼 상차림을 하는 게 익숙했다. 나는 누나가 서울 사람 티를 내지 않고 일을 잘 하는 게 맘에 들었다.

나 작가님이 상추에 고기와 쌈장을 얹어 내게 먹으라고 주었다. 나는 주니까 먹었지만 작가님이 쌈을 싸주고 싶은 사람은 내가 아니라 누나일 것이다. 누나를 먼저 주기가 무안하니까 괜히 나한테 먹으라고 준 것이다. 누나는 배가 고팠던지 열심히 쌈을 싸서 먹었다. 먹으면서 고기는 역시 숯불에 구워야 제맛이라며 나 작가님이 손수 불을 피워 고기를 구워준 수고를 칭찬했다.

그때 또 할아버지 오토바이 소리가 났다. 할아버지는 양봉장을 하루에 서너 번은 들락거렸다. 할아버지는 마당 입구에 오토바이를 세워놓고 나보고 오라며 손짓했다. 나 작가님이 여자와 있는 걸 민망해할까 봐 일부러 안 들어오는 것 같았다. 나도 이젠 집에 가고 싶었는데 밥만 먹고 가기가 좀 미안해서 뭉그적대고 있었는데 할아버지가 때마침 잘 나타나 주었다. 나는 할아버지 핑계를 대고 자리에서 일어났다. 나 작가님도 기다렸다는 듯 얼른 할아버지에게 가보라고 했다. 할아버지는 나를 보자 빨리 집에 오지 뭘 그렇게 오래 있냐며 대뜸 역정을 냈다. 작가님과 누나는 내가 있는 걸 좋아했는데 할아버지는 괜히 그런다. 할아버지가 나를 오토바이에 태우고 얼른 출발했다. 왠지 기분이 좀 찜찜했다. 내가 뭘 잘못했나.

08

전단지를 붙이고 일주일 만에 또 전화가 걸려왔다.

"일단 개부터 보고 얘기합시다."

저쪽에서 뭐라고 했는지 할아버지는 시큰둥했다. 할아버지는 엊그제에도 전화를 받고 갔다가 허탕을 치고 왔다. 바크와 비슷하긴 한데 바크는 아니었다.

"일단 개부터 보고 얘기하자니까요."

할아버지의 목소리가 조금 커졌다.

"당연히 드립니다. 전단지에 그렇게 써있지 않소. 내가 나이 먹고 허튼 소리 하겠소?"

아마도 저쪽에서 돈을 요구하는 같았다.

"얼마를 원하시오?"

전단지에 사례금 액수를 밝히지 않아 흥정에 들어가는 것 같았다.

"뭐요? 이 사람이 정신 나갔나? 무슨 개 한 마리에 삼백이나 달란 말이오?"

할아버지가 버럭 소리를 질렀다. 조마조마하게 듣고 있던 할머니와 고모가 놀라서 움찔 했다.

"저기 잠깐만, 끊지 마시오. 삼백 드리겠소. 어디로 가면 됩니까?"

할아버지가 한 수 접는 걸 보니 저쪽에서 배짱 있게 나오는 모양이었다.

"파랑 저수지요? 네, 알죠. 예, 예. 그 소나무도 압니다. 4시? 알겠습니다."

할아버지는 전화를 끊었다. 극도로 긴장한 탓인지 휴하고 깊은 한숨을 내쉬었다.

"나쁜 놈들. 어디 사기 칠 데가 없어서."

그러면서 할아버지는 기왕 개 값을 부르려거든 한 오백 부르지 고작 삼백이냐면서 그놈들이 간덩이는 작은 놈들이라고 했다.

"저놈들이 뭐라는 데요? 빨리 말 해봐요."

할머니와 고모가 바싹 다가앉으며 물었다.

"뭐라긴. 돈 뜯어내려는 수작이지. 에이 재수가 없을라니까 원."

"우리 개는 맞대요?"

"맞으니까 저렇게 당당하게 나오는 거 아니겠나?"

"근데 파랑 저수지는 뭐고 소나무는 다 뭐래요?"

"파랑 저수지 들어가는 입구에 삼백년 된 백송 있잖아. 그 나무 아래 개를 묶어두겠대. 4시에 와서 거기에 돈 가방을 두고 개를 데려가라네. 나 참, 무슨 첩보 영화를 찍는 것도 아니고."

"괜찮을라나? 난 어쩐지 좀······."

할머니가 걱정스러운 듯 말했다.

"돈만 주면 괜찮겠지 머. 놈들이 원하는 건 돈이니까."

할아버지가 은행에 다녀와야겠다며 일어났다.

"그만 포기합시다. 무슨 돈을 삼백씩이나 들여 개를 찾아온단 말이오? 그것도 우리 개를."

"그래요, 그놈들 코 납작해지게 개나 먹고 나가떨어지라 그래요."

할머니가 포기하자는 말에 고모까지 맞장구를 쳤다.

할아버지도 고민이 되는지 잠시 망설였으나 이내 돈을 찾아오겠다며 집을 나섰다.

할아버지는 은행에 가기 전에 나 작가님 집에 들렀다. 그리고 전화 받은 일을 얘기했다.

"나 참 유괴범이 돈을 요구하는 건 봤어도 개 도둑이 돈 달라는 건 처음 보네. 이렇게 합시다. 돈 가방을 가짜로 만들어서 개와 바꿔옵시다. 우리 개를 우리가 찾아오는데 누가 뭐라 하겠소."

"그러면 놈들이 가만있을까요? 또 개를 훔쳐가겠죠. 그렇다고 개를 안방에 가둬놓고 기를 수도 없고. 그냥 삼백 주고 깨끗하게 끝내는 게 좋을 것 같아요."

할아버지가 오토바이를 타고 갈색면에 나가서 돈을 찾아왔다.

3시 반쯤 지나 할아버지는 파랑 저수지로 향했다. 저수지까지는 차로 20분도 채 걸리지 않았다. 할아버지 차를 필원이 아저씨 차가 뒤따랐다. 그 차에는 나 작가님도 타고 있었다. 그놈들이 할아버지에게 무슨 해코지라도 할지 모르니 멀리서 지켜봐야 한다고 했다. 필원이 아저씨는 놈들 눈에 띄지 않게 일정한 거리를 두고 할아버지의 차를 따라갔다. 무슨 범죄 영화의 한 장면 같았다. 영화에서 보면 마약 거래를 하는 놈들이 돈 가방과 마약을 바꾸기 위해 부두 같은 데서 약속을 잡곤 했다. 그놈들도 마약은 아니지만 영화에서 봤던 것과 수법이 비슷했다. 아마도 범죄 영화를 많이 본 놈들 같았다.

할아버지의 차가 파랑 저수지 입구로 들어섰다. 필원이 아저씨 차도 멀찍이 떨어져서 뒤따랐다. 이곳은 인적이 뜸해 할아버지와 필원이 아저씨 차밖에 없었다. 할아버지가 혼자 온다면 위험할 수도 있었다. 필원이 아저씨와 나 작가님이 함께 와서 여간 든든한 게 아니다. 멀리 소나무가 보였다. 둥치가 하얀 게 백송이 맞았다. 그런데 개는 보이지 않았다. 할아버지는 소나무가 잘 보이는 곳에 차를 세우고 내려서 주위를 두리번거렸다. 필원이 아저씨도 멀찍이 차를 세웠다. 할아버지가 시계를 보았다. 아직 4시가 안되었다. 개를 미리 묶어놓았어야지 안 그러면 놈들과 만나야 한다는 얘기였다. 작가님은 오히려 잘됐다고 했다. 이참에 이 말도 안 되는 사기를 친 놈들 쌍판이나 봐야겠다고 주먹을 꽉 쥐었다. 작가님은 5년만 젊었어도 저런 놈들은 한 주먹 거리도 안 되는 건데, 하며 부르르 떨었다. 그러면서 또 해병대에서 팔씨름으로 1등 한 일을 자랑했다. 그 얘기는 수십 번도 더 들었다. 필원이 아저씨도 팔씨름 얘기만 나오면 담배를 피우거나 다른 데를 보았다. 내가 볼 때는 필원이 아저씨가 작가님보다 훨씬 힘도 세고 팔씨름도 잘하게 생겼다. 그래서 여자들도 필원이 아저씨를 좋아했다. 그런데 필원이 아저씨는 힘자랑을 하지 않는다. 남자는 모름지기 그래야 한다.

4시가 지났는데도 놈들이 나타나지 않았다. 할아버지는 초조한지 자꾸만 시계를 보았다. 자동차 한 대가 저수지 입구로 미끄러져 들어오더니 백송을 지나 저만치 차를 세웠다. 놈들인가 싶어 신경을 곤두세우고 지켜보았다. 차에서 내린 남자는 낚시 가방을 들고 저수지 쪽으로 걸어갔다. 낚시꾼이었다.

"이거 속은 거 같은 데요?"

모두가 불안해하고 있는 얘기를 필원이 아저씨가 먼저 꺼냈다. 전화를 해보려 해도 집 전화로 걸어와서 번호를 알 길이 없었다.

"자네도 그렇게 생각하나?"

"예. 놈들이 안 나타날 것 같아요."

"놈들은 처음부터 개를 가지고 있지도 않았어."

나 작가님이 땅바닥에 침을 탁 뱉었다.

"그만 돌아가죠."

필원이 아저씨가 할아버지 눈치를 보며 말했다.

"가서 술이나 한 잔 합시다."

나 작가님이 할아버지의 팔을 잡아끌었다.

"천벌을 받을 놈들. 어디 사람을 가지고 장난을 쳐."

할아버지가 부르르 떨었다.

"석아, 넌 할아버지 차타고 와."

필원이 아저씨가 저만치 앞서 가며 말했다.

나는 할아버지의 뒤를 터덜터덜 따라갔다. 멋진 영화의 한 장면을 기대 했는데 아무 일도 일어나지 않자 맥이 쭉 빠졌다.

그때, 낡은 사륜구동 한 대가 툴툴거리며 저수지로 들어서더니 소나무 아래서 차를 세웠다. 나 작가님과 필원이 아저씨가 차를 타려다가 도로 차 문을 닫았고 할아버지와 나는 그 자리에 멈춰 섰다. 사륜구동 안에는 한 남자가 타고 있었다. 그런데 완전 촌놈 같은데다가 힘도 없게 생겨 보는 사람을 실망스럽게 했다. 개를 가지고 사기를 칠사람

같지도 않았다. 아마도 저수지에 빠져죽으려고 왔거나 다른 볼 일이 있어서 온 것 같았다. 할아버지는 완전히 포기하고 다시 자동차를 향해 걸어갔다. 그런데 그때, 사륜구동에서 내린 남자가 헐레벌떡 할아버지 뒤를 쫓아왔다.

"저, 어르신 잠깐만요."

할아버지가 가다가말고 뒤돌아보았다.

"혹시 개 잃어버리신 분 아니세요?"

"그렇소만 뉘시오?"

"제가 아까 전화 드렸던 사람입니다."

"뭐요? 우리 개는 어딨소?"

할아버지가 다짜고짜 달려들어 남자의 멱살을 잡았다. 보고만 있던 나 작가님과 필원이 아저씨도 다가왔다. 할아버지는 보란 듯 남자의 멱살을 더 꽉 움켜잡았다. 누가 보더라도 할아버지 쪽이 강자였다. 돈을 주지 않고도 얼마든지 개를 찾아갈 수 있을 것 같았다.

"이것 좀 놓고 얘기합시다."

남자가 캑캑거리며 놓아달라고 애걸했다. 할아버지는 빨리 바크를 찾고 싶어 남자를 놓아주었다.

"여러 얘기 필요 없고 우리 개나 내놓으시오."

"어르신, 죄송합니다만 개는 없습니다."

"뭐요?"

나 작가님이 눈을 치뜨며 소리를 질렀다.

"실은 제가 돈이 필요해서 그만."

남자가 고개를 푹 숙였다.

"그럼 이게 다 장난이었단 말이오?"

할아버지가 기가 막혀 더 이상 말을 못했다.

"정말 죄송합니다."

남자는 거듭거듭 사과했다.

"그럼 여기는 왜 나왔소. 안 나오면 그만인 것을."

가장 침착한 필원이 아저씨가 물었다.

"실은 어머니가 많이 아파요. 수술 받아야 되는데 돈이 없어서 그만. 죄송합니다. 조금만 도와주시면 제가 무슨 수를 써서든 꼭 갚겠습니다. 도와주십시오."

할아버지와 필원이 아저씨는 잠시 아무 말도 못했다.

"이 사람이 지금 장난하나? 당신 말을 어떻게 믿으란 말이오?"

나 작가님이 나서서 침묵을 깼다.

"제가 어떻게 병든 어머니를 놓고 장난을 치겠습니까?

정말입니다. 믿어주십시오."

남자는 그렇게 말해놓고는 잠깐만요, 하고는 사륜구동으로 가더니 강아지 한 마리를 안고 왔다.

"저희 개가 며칠 전에 새끼를 낳았습니다. 대신 이걸 드리면 안 될까요?"

새끼는 아직 어미젖도 못 뗐는지 눈도 못 뜨고 있었다. 어찌나 귀엽고 예쁜지 나는 받아서 안고 싶었다. 그 마음을 읽었는지 남자가 내게 강아지를 내밀었다.

"안아보겠니?"

내가 손을 내밀어 받으려 하자 할아버지가 막았다.

"저리 치우시오. 우리 개와 이걸 바꿀 수는 없소. 가자."

할아버지가 자동차를 향해 성큼성큼 걸어갔다.

할아버지 등에다 대고 남자가 애원했다. 할아버지는 잠시 멈칫하는 듯 했으나 돌아보지 않고 곧장 자동차로 갔다. 나는 발걸음이 떨어지지 않았지만 할아버지가 가니 어쩔 수 없이 따라 갔다. 나 작가님과 필원이 아저씨도 자동차 쪽으로 걸어갔다. 남자는 움직이지 않고 그 자리에 그대로 서 있었다. 강아지가 엄마 품이 그리운지 남자의 품

속에 머리를 콕 처박고 꼼짝도 안했다.

필원이 아저씨가 자동차 시동을 걸었다. 그런데 할아버지는 갈 생각을 안했다. 할아버지는 남자 때문에 고민하는 것 같았다. 필원이 아저씨는 시동을 걸어놓고도 할아버지 차가 움직이지 않으니 눈치만 보면서 기다렸다. 할아버지는 운전대를 잡고 있던 손을 놓고 삼백만원이 들어있는 돈 가방에서 백만 원 짜리 한 묶음을 꺼내어 남자에게로 갔다.

"백만 원이오. 갚을 생각 말고 어머니 병구완이나 잘 하시오."

할아버지가 돈을 내밀자 남자는 얼른 받아들고 고맙다는 말을 몇 번이나 했다.

"잃어버린 그 개는 우리 가족이나 다름없소. 다시는 이런 장난치지 마시오."

할아버지는 돈만 전해주고 돌아섰다. 역시 우리 할아버지다. 우리 할아버지 정말 멋지다. 나는 할아버지 손자인 게 자랑스러웠다. 강아지를 가져가지 못하는 건 아쉬웠지만 다른 개가 바크를 대신할 수 없다는 할아버지 말씀은 맞다. 내가 키가 작고 공부 좀 못한다고 해서 우리 반 반장인 정태와 바꿀 수는 없지 않은가. 나는 첩보 영화보다

방금 본 장면이 더 멋있다는 생각을 하며 할아버지 차에 올랐다. 그리고 떠나기 전에 소나무를 한 번 더 쳐다보았다. 삼백년이나 되는 세월을 이곳에 있었다는데 어떻게 그 긴 시간 동안 죽지 않고 있었는지 신기했다. 왠지 저 나무에는 내가 도저히 알 수 없는 어마어마한 비밀이 숨겨져 있을 것만 같았다. 나는 다음에 다시 태어난다면 나무로 태어나고 싶다는 생각을 하며 그 자리를 떠났다.

09

방앗간 옆에 정자가 있다. 정자는 힘든 밭일 논일 하다
가 지쳤을 때 잠시 쉬라고 만들어놓은 것인데 이 동네에서
는 조금 다른 용도로 쓰이고 있다. 이 동네 정자에서는 매
일 고스톱판이 벌어졌다. 고스톱도 일종의 놀이를 통한 휴
식이라면 휴식이라고 할 수 있겠으나 이곳에선 매일 그것
도 한창 일해야 할 대낮에 벌어졌다.

아니나 다를까 기찬이 아저씨가 어기적어기적 정자로
가고 있다. 아저씨는 소아마비로 다리를 저는데 무슨 일을
하는지는 잘 모르겠다. 아마도 별 볼일 없는 농사일로 하
루하루를 살아갈 것이다. 그래도 작년엔 마흔이 넘은 나이
에 스무 살 차이가 나는 베트남 여자와 결혼해서 아이까지

낳았다. 기찬이 아저씨가 오는 걸 본 방앗간 사장님이 슬금슬금 정자로 왔다. 사장님은 방앗간에 딸린 방에서 생활했다. 갈색면에 아파트도 있는데 사장님은 거기보다 여기가 좋은지 늘 여기서 지냈다. 사장님은 방에서 내다보고 있다가 누군가 나타나면 기다렸다는 듯 정자로 왔다. 방앗간 사장님은 추수 때를 빼고는 바빠 보이지 않았다. 추수가 한창인 늦가을엔 오줌 눌 시간도 없이 바쁘다고 했다. 그때 일한 것으로 일 년을 살아간다고 하니 알만 하다. 조금 있으니 달수 아저씨도 왔다. 달수 아저씨는 정자에서 좀 떨어진 곳에 살기 때문에 늘 화물차를 타고 왔다.

세 사람이 모였으니 일단 고스톱 멤버는 짜여졌다. 누가 먼저랄 것 없이 판이 깔리고 화투가 올라왔다. 이 정자엔 누가 가져다놓았는지 모르는 낡은 소파와 테이블이 있다. 담요와 재떨이도 기본으로 갖추어져 있다.

담배연기가 오르면서 고스톱판이 시작되었다. 정자와의 거리가 얼마 되지 않아 할아버지 집 마당에서도 그 움직임이 다 보였다. 아직은 내가 나타날 때가 아니다. 판이 어느 정도 무르익고 돈이 좀 쌓여야 내게도 뭔가 떨어진다.

이때쯤이면 나 작가님도 나타날 만한데 오늘은 영 조용하다. 아마도 서울에서 온 누나와 어디로 간 모양이다. 이쁜 누나가 우리 마을에 온 건 좋은데 작가님과 놀 수 없으니 그것도 좋은 것만은 아니다. 할아버지는 작가님 여자 손님이 와 있는 동안에는 그 집에 얼씬도 하지 말라고 했다.

나 작가님은 고스톱판에 직접 끼어들지는 않는다. 그래도 나름 지식인인데 시골사람들과 한패가 되어 놀음까지 하는 건 체통에 어긋난다고 생각하는 모양이다. 그래도 별일 없을 땐 정자 나들이를 자주 했다. 와서 고스톱판을 보며 어깨 너머로 즐기다가 돌아가곤 했다.

고스톱판이 무르익자 어느새 영구 아저씨도 한쪽에 와서 보고 있다. 영구 아저씨도 가끔 한 번씩 판에 들어가 노는데 주로 광파는 일을 많이 했다. 영구 아저씨는 고스톱판에서 돈을 따본 적이 없다. 어릴 때 뇌를 다쳐서 약간 모자랐다. 돈내기라고 해야 액수가 크지는 않다. 점 백짜리 게임인데 딴 사람이 반은 갖고 반은 고리로 뜯어 그 돈으로 그 자리에서 자장면을 시켜 먹거나 돈이 좀 많이 모였다 싶은 날엔 갈색면에 나가 술 한잔 하면서 점심을 때

우곤 했다.

이제 슬슬 내가 출동할 때가 되었다. 나는 집에 있기가 심심해서 낮에 한차례 정자에 나가 고스톱 치는 걸 구경했다. 이 고스톱이란 게 구경만 하고 있어도 너무 재밌다. 그러니 치는 사람은 얼마나 재밌겠는가.

"어 준석이 왔나? 어서 와라."

아저씨들이 나를 보고 한 마디씩 했다. 아저씨들도 내가 오는 걸 좋아했다. 특히 심부름시킬 일이 있을 때는 더 좋아했다.

"너 마침 잘 왔다. 술이 떨어졌는데 가게에 가서 맥주 세 병만 사와."

달수 아저씨가 무릎 밑에 깔고 있던 만 원짜리 한 장을 집어주었다.

"담배도 부탁한다."

기찬이 아저씨도 오천 원짜리를 집어주며 말했다.

"네."

나는 오자마자 심부름부터 시키는 게 맘에 들지 않았지만 내색할 수는 없었다. 나는 내 역할이 있는 게 좋다. 아저씨들이 개평을 주는데 공돈 받는 거 보다는 뭔가를 하고 받는 게 더 좋다. 그런데 우리 할아버지가 알면 큰일 난다. 전에 가게에서 담배를 사오다가 할아버지하고 마주쳤는데 어린 애한테 담배 심부름을 시킨다고 대놓고 막 화를 냈다. 그 모습을 아저씨들이 정자에서 고스톱을 치다가 봤다. 그리고 한동안 할아버지 눈치가 보였는지 심부름을 시키지 않았는데 얼마 못가 다시 심부름을 시키기 시작했다. 아저씨들 얘기가 자기네들도 다 어릴 때 담배 심부름 하면서 컸다는 것이다. 담배도 그러면서 배우는 거라고. 이것도 다 산 교육인데 할아버지가 좀 유별나다고 했다.

가게를 가려면 자전거를 타고 가야했다. 그나마 가까이에 구멍가게가 있어 다행이었다. 이 가게마저 없다면 담배 한 갑을 사기 위해 갈색면으로 차를 타고 나가야 한다.

나는 방앗간에 세워둔 자전거를 타고 가게로 향했다. 가게를 가려면 나 작가님 집과 필원 아저씨네와 우리 할아버지 집을 지나가야 했다. 나 작가님 집은 쓸쓸할 정도로 조용하다. 그래도 요즘은 서울 누나가 와있어 작가님 얼굴이 활짝 피었다. 필원 아저씨는 요즘 얼굴 보기가 어렵다. 아줌마가 죽고 난 후 갈색면에 있는 다방을 인수했는데 날이면 날마다 거기서 사는지 집에서는 통 얼굴을 볼 수가 없다.

나는 가게에서 맥주와 담배를 샀다. 서울에서는 술과 담배를 살 수 없는데 내가 심부름 온 것을 아는 아줌마는 군말 없이 내주었다. 나는 거스름돈은 각각 따로 간수했다. 달수 아저씨 거스름돈이 조금 더 많았다. 나는 이 돈이 모두 내게로 올 걸 알고 있다.

시원한 맥주를 본 아저씨들이 한 잔씩 가득 따라 마셨다. 즐겁게 노는 아저씨들을 보니 문득 아빠 생각이 났다. 아빠도 이런 데서 살면 좋을 텐데. 사업을 하느라 돈만 왕창 날리고 엄마와도 사이가 멀어지고 밥도 제대로 못 먹고 다니는 서울 생활보다 이런 데서 여유 있게 사는 것도 나쁘지 않을 거란 생각이 들었다. 그러나 할아버지가 몇 번 얘기했는데도 아빠는 듣지 않았다. 아빠는 시골이 진저리나게 싫다고 했다. 어떻게 벗어났는데 다시 시골로 오라냐며 두 번 다시 그런 얘기는 꺼내지도 말라고 해서 할머니 할아버지는 포기한 상태다. 아빠는 서울이 더 좋은가 보았다.

아저씨들은 맥주를 마시면서도 게임은 계속했다. 오늘은 기찬이 아저씨가 많이 땄다. 방앗간 사장님은 영 안 풀리는지 표정이 좋지 않다. 그런 날이 있다고 달수 아저씨가 위로를 했다. 사장님은 젖히기만 하면 쌌고 사장님이 싸놓으면 기찬이 아저씨가 거두어 갔다. 기찬이 아저씨도 미안한지 젖혀서 나오는 걸 어떡하냐며 속으로는 좋아죽겠으면서도 은근히 퉁명스럽게 말했다.

그때 고모의 차가 방앗간 앞을 지나갔다. 갈색면으로 나가는 길은 두 개가 있는데 고모는 아저씨들이 정자에 모여 있으면 유독 이 길로 지나갔다. 이 길은 더 멀고 좁다. 그런데도 고모는 아저씨들 앞에서 자신의 존재를 드러내 뽐내고 싶어서 이 길로 갔다. 고모를 본 달수 아저씨의 얼굴이 벌겋게 달아올랐다. 그러나 아직 그 누구에게도 자신의 마음을 말한 적이 없는지 고모가 지나가는데도 모른 척했다. 방앗간 사장님은 자기 아들이 고모에게 마음이 있어 하는데 고모가 들은 척도 하지 않아 고모에 대한 감정이 좋지 않다. 나이도 많고 뭐 하나 볼 것도 없는데 뭘 그리 튕기냐는 것이다. 이젠 고모가 좋다고 해도 사장님이 안받아준다며 무너진 자존심을 세우려고 열을 올렸다. 그러면 거기에 있던 아저씨들도 사장님의 말에 맞장구를 치며 고모를 험담했다. 서울에서 중늙은이와 연애하는 걸 할아버지가 알고 끌고 내려왔다는 둥 요즘은 갈색면에 있는 철공소 김 씨와 그렇고 그렇다는 둥 고모에 대해 막말을 했다. 그러다가 나를 의식했는지 내 눈치를 슬쩍 보더니 서로 눈을 찡긋거렸다. 내가 고모에게 일러바칠까 봐 겁이 났던 모양이다.

시간이 갈수록 고리로 뜯은 돈이 수북이 쌓여 갔다. 구경만 하던 영구 아저씨가 일해야 한다면서 일어났다. 방앗간 사장님이 점심 먹고 가라고 붙잡았다. 사장님은 배가 고픈지 오늘은 여기서 접자고 했다. 기찬이 아저씨와 달수 아저씨도 배가 고파서 더 못하겠다면서 시원한 물냉면이나 시켜 먹자고 했다. 달수 아저씨가 냉면집에 전화를 걸어 물냉면 세 개와 비빔냉면 두 개를 주문했다. 아저씨들은 냉면이 올 때까지 더 치자며 다시 화투 패를 잡았다. 고스톱은 아무리 쳐도 질리지도 않는 모양이다.

10

양봉장에 다녀온 할아버지가 뒤꼍으로 가더니 합판을 가지고 나왔다. 할아버지는 합판을 톱으로 잘라 공책 크기만 하게 만들었다. 그리고는 사포로 잘 다듬은 후 그 위에 검은 매직으로 글씨를 썼다. 할아버지는 합판 맨 위에 구멍을 낸 후 노끈으로 고리를 만들어 지나다니는 사람들이 잘 볼 수 있도록 포도나무에 걸어두었다. 그 합판에는 이렇게 쓰여 있었다.

– 꿀 팝니다

11

윗마을 화봉이 아저씨네 집에서 점심을 먹으러 오라는 전화가 왔다. 복날도 다가오고 해서 개를 잡았다는 것이다. 개를 잡았다는 말에 할아버지의 표정이 이상하게 일그러졌다. 할아버지는 그 순간 또 도둑맞은 바크가 생각났나 보았다.

"화봉이는 개 안멕이는데 무슨 개를 잡았대?"

할머니가 전화 받는 걸 듣고 있다가 끊자 할아버지가 물었다.

"글씨, 나도 그것까지는 안 물어봤는데. 머 어디서 한 마리 구했겠지요."

"개는 직접 잡았대?"

"아마 그럴 걸요?"

"가야겠지?"

"안가면 섭섭해 하겠지요. 직접 전화까지 했는데."

할머니는 점심상 차리는 게 귀찮아서 그렇게 말한 것도 있지만 다른 사람의 친절을 무시해서는 안 된다는 의미도 있었다. 할아버지도 그렇게 생각했는지 다녀오겠다고 했다. 그보다 할아버지는 개고기를 무진장 좋아했다. 할아버지는 필원이 아저씨에게도 전화를 걸어 나 작가님을 태우고 오라고 했다. 화봉이 아저씨네 집은 저수지 근처라서 오토바이를 타고 가야 했다.

"누나는요? 나 작가님네 누나도 같이 오나요?"

나는 서울 누나도 같이 오는지 궁금했다.

"아참, 그 말을 안했네. 그 서울 처자 아직도 안 갔나? 있으면 같이 오면 좋은데."

"알아서들 하겠지 별 걱정을 다하네."

고모가 방에서 나오며 참견을 했다.

"그래도 그런 게 아니야, 말 한마디 건네는 거 하고 아닌 게 얼마나 차이지는데."

할머니는 가끔씩 바른 말을 했다.

"그 여자는 왜 안가고 아직 있대? 아예 눌러 살 작정인가?"

고모는 톡 쏘아붙이고는 화장실로 들어갔다.

고모는 서울 누나를 좋아하지 않는다. 서울 누나가 오고부터 마을 사람들이 서울 누나에게만 관심을 갖는 게 못마땅하다.

할아버지는 오토바이에 포도와 고구마를 실었다. 그리고 나를 태워 화봉이 아저씨네 집으로 갔다. 화봉이 아저씨네 집 마당에는 볼 것이 많았다. 귀한 탱자나무와 호두나무도 있고 닭장엔 닭들이 홰를 치며 날아다녔다. 뒷마당엔 염소도 있다. 개만 없다. 그런데 닭도 염소도 아닌 개를 잡았다고 동네 사람들을 불렀다.

현관문을 열고 들어가니 막 점심상을 차리는 중이었다. 필원이 아저씨와 나 작가님은 벌써 와 있었다. 서울 누나도 같이 왔다. 누나는 어느새 아줌마들하고 친해졌는지 부엌에서 상 차리는걸 돕고 있었다. 마을 아줌마들은 누나가 나 작가님 부인인줄 알고 있었다. 나는 누나를 보고 눈을 찡긋해보였다. 누나도 나를 보고 손을 살짝 들어 알은 체를 해주었다.

점심상에 뜨거운 개고기 국물과 고기가 올라왔다. 열무김치와 고추 생강 마늘도 있었다. 사람들은 각자의 잔에 술을 따르고 요란하게 건배를 한 후 고기를 먹기 시작했다. 고기가 연하고 맛있다고 여기저기서 아우성이었다. 그런데 할아버지는 한 마디도 하지 않고 고기 먹는 것도 시큰둥했다. 할아버지는 원래 말이 없는 분이 아니다. 그게 이상했던지 나 작가님이 말을 걸었다.

"개고기 별로 안 좋아하십니까?"

"그러게요, 왜 입에 잘 안 맞습니까?"

화봉이 아저씨도 거들었다.

"아 아닙니다. 자꾸만 잃어버린 우리 개 생각이 나서요."

할아버지가 그 말을 하자 갑자기 조용해졌다.

"아직도 그 개를 못 잊고 있나? 이젠 그만 잊어뿌레."

큰할아버지가 딱한 듯 말했다.

"글쎄 그래야 되는데 자꾸만 생각이 나는 걸 어쩝니까? 이놈도 어디서 이런 신세가 됐을 거라 생각하니."

할아버지가 수저를 놓으며 축 늘어졌다. 사람들은 모두 개고기 맛이 떨어진다는 표정이었다.

"자 자, 한잔 합시다."

필원이 아저씨가 분위기를 띄우려고 건배를 제의했다. 할아버지도 마지못해 잔을 들긴 했으나 기분은 계속 안 좋아 보였다. 할아버지는 아무래도 화봉이 아저씨를 의심하는 같았다. 아니 화봉이 아저씨 혼자 저지른 게 아니라 이 마을 사람 몇몇이 작당해서 일을 저지른 거라고 미루어 짐작하는 듯 했다. 허나 증거가 없으니 대놓고 누굴 탓할 수도 없었다.

"화봉이 자네는 개도 안 키우는데 이 개는 뉘 집 갠가?"

할아버지가 드디어 마음속에 있던 말을 뱉었다.

"시골에 개야 어디 한 두 마립니까? 노상 떠돌아다니는 게 갠데."

화봉이 아저씨가 개가 어디서 났는지 확실하게 말하면 좋을 텐데 빙빙 돌려서 얘기하니까 나 작가님이 발끈해서 말했다.

"이 사람이 어른을 놀리나. 준석이 할아버지가 개 도둑 맞은 걸 뻔히 알면서."

"아니 그거랑 이거랑 머가 어쨌다는 겁니까? 제가 준석이네 개를 훔치기라도 했다는 말입니까?"

화봉이 아저씨의 소리가 커졌다.

"아니 이 사람이 어디서 소리를 지르고 그러나. 그냥 궁금해서 물어본 걸 가지고."

"이게 그냥 궁금해서 물어본 겁니까? 사람을 도둑놈 취급해놓고서."

"이 사람이! 내가 언제 도둑놈 취급했다고 그래?"

"그럼 아니에요? 기껏 먹여놨더니 한다는 소리가."

"뭐야? 누가 먹을 게 없어서 여기 와서 얻어먹고 있는 줄 아나?"

"그냥 잠자코 먹고 갈 일이지 왜 의심은 하고 그럽니까? 기분 더럽게."

"이 사람 보자보자 하니."

"아 왜들 그래요. 비싼 괴기 먹고."

보다 못한 아줌마들까지 참견하고 나섰다.

"자 자 그만들 해요. 아무것도 아닌 걸 가지고."

"이게 아무것도 아닙니까? 사람을 도둑놈으로 모는데."

"그런 취급 받기 싫으면 얘기하면 될 것 아닌가. 이 개 어디서 났는지."

"그걸 내가 왜 당신한테 얘기해야 하는데."

"그 봐 말 못하잖아. 뭔가 켕기는 게 있으니까 그렇지."

"뭐요?"

자칫하면 큰 싸움으로 번질 태세였다. 싸움은 두 패로 나뉘었다. 할아버지와 나 작가님이 한 편을 먹고 화봉이 아저씨와 그 친구들 두서넛이 한 패를 먹었다. 나머지 사람들은 이쪽도 저쪽도 아닌 채 말리는 역할만 했다.

"나 참, 사람 불러놓고 이게 웬 난리야?"

나 작가님이 자리를 박차고 나갔다. 누나도 재빨리 따라 나갔다. 작가님이 저렇게 화를 내는 건 처음 보았다. 할아버지에 대한 지나친 충성심이 화를 불러들인 것 같았다.

나 작가님이 나가자 할아버지도 가겠다고 나갔다. 나도 덩달아 따라 나갔다.

작가님은 필원이 아저씨 차를 타고 왔기 때문에 필원이 아저씨가 나와야 갈 수 있었다. 서울 누나만 없으면 할아버지 오토바이에 찡겨서 타고 가면 되는데 그럴 수도 없었다.

"어휴 그놈의 성질. 아무데서나 불뚝불뚝, 내가 창피해서 못살아."

누나가 나 작가님을 흘겨보며 나무랐다. 누나는 작가님

의 이런 모습을 여러 번 본 듯 익숙하게 바가지를 긁었다.

"준석이 가서 필원이 아저씨 좀 나오시라고 해."

나 작가님과 누나가 못 가고 있자 할아버지가 필원이 아저씨를 불러오라고 시켰다. 근데 마침 필원이 아저씨가 나왔다.

"이러다 큰일 나겠어요. 그 놈의 개 한 마리 때문에."

필원이 아저씨가 차에 오르며 말했다. 나 작가님과 누나도 탔다. 필원이 아저씨 차가 떠나자 할아버지 오토바이도 뒤따랐다. 나는 할아버지가 바크에 대한 집착을 버리지 못하는 게 속상했다. 할아버지 마음을 모르는 건 아니지만 그것 때문에 마을 사람들을 의심하니 문제였다. 누가 훔쳐 갔는지 속 시원히 알기라도 하면 끝날 일인데. 나 참. 바크야 어디 있니?

12

아침부터 날씨가 무진장 덥다. 올 여름은 더 더운 것 같다. 비라도 한바탕 시원하게 내려주면 좋은데 하늘은 대답이 없다. 농작물이 타들어가서 걱정이라며 할아버지는 틈만 나면 호수를 들고 물을 뿌렸다. 이런 날에도 영구 아저씨는 밭에 나와 있다. 영구 아저씨는 좀 모자랐다. 어릴 때 머리를 다쳐서 그렇다고는 하는데 진짜 그래서 그런 건지 원래부터 그런 건지는 잘 모르겠다. 하필 이름까지도 영구라서 동네에서는 바보 영구로 통했다. 옛날에 할머니가 본 연속극 중에 바보 영구라는 드라마가 있었는데 그게 그렇게 인기가 많았다고 했다. 그래서 마을 사람들은 더 영구 아저씨를 바보 영구, 바보 영구라고 했다. 영구 아저씨는 겉으로 보기에는 아주 멀쩡하다. 생긴 것도 잘 생겨서 학교만 제대로 다녔으면 배우도 할 수 있다. 그래서 그런지 영구 아저씨는 결혼도 했다. 달수 아저씨도 방앗간 사장님 아들도 못한 결혼을 말이다. 물론 영구 아저씨 부인도 조금 모자란다. 그래도 직장까지 다니며 집안 살림에 큰 보탬이 된다고 들었다.

그런 영구 아저씨가 요즘 사랑에 빠졌다. 버스 운전기사라는데 아직 그 아줌마의 마음까지는 얻지 못했는지 매일 그 버스를 타기 위해 정류장에 서 있었다. 오늘은 아직 시간이 일러서 영구 아저씨는 밭에 나와 있었다.

그때 나 작가님과 서울 누나가 그 옆을 지나갔다. 서울 누나는 이제 서울로 간다며 아침 일찍 할머니 할아버지께 인사를 드리고 갔다.

"나 작가님 어디 가세요?"

영구 아저씨가 나 작가님을 보고 먼저 인사를 했다.

"서울 좀 다녀오려고요. 일도 있고 이 사람도 데려다 줄 겸 해서."

"아 그래요? 그럼 잘됐네요. 잠깐만요."

영구 아저씨가 트랙터에서 내려 한달음에 달려왔다. 그

리고는 주머니에서 주섬주섬 돈을 꺼냈다.

"서울 가거든 목걸이나 귀걸이 같은 것 좀 사다줘요. 여자들이 좋아하는 걸로."

영구 아저씨가 꼬깃한 돈 오 만원을 내밀었다. 사랑에 빠졌다더니 정말인가 보았다.

"어머, 선물할 건가 봐요. 누군지 디게 좋겠다."

서울 누나가 부러운 듯 탄성을 질렀다.

"아주 예쁜 걸로 사다줘요. 반짝 반짝 빛나는 걸로."

나 작가님이 알았다며 돈을 받았다. 영구 아저씨는 쑥스러운지 돈만 전해주고는 얼른 가버렸다.

"와우 대단하다. 누가 영구를 바보래?"

서울 누나가 부러운 듯 작가님을 흘겨보았다. 서울 누나는 아직 나 작가님에게 오 만원 넘는 선물은 받아보지도 못했다며 투덜거렸다. 나 작가님은 차 시간에 늦겠다며 도망치듯 얼른 이곳을 벗어났다.

나 작가님과 서울 누나가 가는 걸 멀뚱히 지켜보던 영구 아저씨는 다시 일을 시작했다. 영구 아저씨의 트랙터가 한 번씩 지나갈 때마다 딱딱하게 굳어있던 밭이 시원하게 속살을 드러냈다.

영구 아저씨는 알부자라는 소문이 있다. 보기엔 저래도 은근히 돈이 많다는 것이다. 부인이 지적 장애인이긴 해도 꼬박꼬박 월급을 받아오는 데다가 영구 아저씨도 남의 일 해주고 받는 돈이 쏠쏠하다고 했다. 영구 아저씨는 남들이 갖기 어렵다는 비싼 트랙터도 한 번에 목돈 주고 샀다고 했다.

날씨가 더워서 그런지 밭에는 영구 아저씨 말고는 일하러 나온 사람이 없다. 방앗간 정자에서는 오늘도 모여 고스톱을 쳤다. 오늘 점심은 뭘 시켜 먹을지 궁금하다. 영구 아저씨도 같이 어울려 놀면 좋은데 사람들이 안 끼워주는 건지 아니면 돈만 잃어서 그런 건지 영구 아저씨는 고스톱을 치지 않는다. 할아버지는 세상의 바보가 영구 아저씨만 같다면 사람들이 모두 바보가 되어도 좋겠다고 했다. 남에게 해 안 끼치고 자기 일만 묵묵히 하는 사람을 왜 바보라고 하는지 알 수 없다고 했다. 사랑도 얼마나 열심히 하는가.

밭을 다 간 영구 아저씨가 트랙터를 몰고 집으로 돌아갔다. 집에 온 영구 아저씨는 땀으로 젖은 몸을 씻고 점심을 먹은 후 쉴 틈도 없이 다시 버스정류장으로 나갔다. 하루 세 번 다니는 버스 시간이 됐기 때문이었다. 갈색면에서 두 시 반에 출발한 버스는 두 시 사십분쯤 주황리를 거쳐서 분홍리까지 갔다가 나온다. 영구 아저씨는 버스 시간보다 조금 일찍 나와서 기다렸다. 이 더운 날 모자도 쓰지 않았다. 대신 아까 밭에서 일할 때와는 다르게 흰색 면바지에 체크무늬 남방을 깔끔하게 차려입었다.

두 시 사십분이 조금 지나자 버스가 왔다. 영구 아저씨가 버스에 오르자 기사 아줌마가 "어서 오세요." 하며 반갑게 맞아주었다. 영구 아저씨는 부끄러워서 얼른 자리로 가서 앉았다. 기사 아줌마는 모든 손님들에게 다 그렇게 인사했으나 영구 아저씨는 그 친절함에 어쩔 줄 몰라 하며 얼굴까지 빨개졌다. 나는 영구 아저씨가 작가님이 사다줄 선물을 어떻게 전해줄 지가 궁금했다. 버스는 주황리를 지나 분홍리를 향해서 달렸다. 분홍리에는 영구 아저씨 누나가 살고 있다. 아마도 누나 집에 다녀오다가 기사 아줌마를 본 것 같았다. 버스가 한적한 시골길을 덜컹거리고 달렸다. 푸릇푸릇한 벼들이 작은 바람에 살랑살랑 춤을 췄다. 길 양쪽으로 드문드문 집들이 보였다. 그림처럼 아름다운 집들도 있었고 옛날 모습 그대로인 폐가도 있었다. 조금 더 가니 저수지도 나왔다. 푸른 물결이 햇빛을 받아 반짝거렸다. 그러나 영구아저씨 눈엔 그런 것들이 들어오지 않았다. 매일 보는 그저 그런 시골 풍경일 뿐 지금은 정신이 온통 기사 아줌마에게 가 있었다. 영구 아저씨는 누나가 있는 분홍리에 버스가 도착했는데도 내리지 않았다. 누나를 보러 가기 위해 버스를 탄 게 아니니까. 종점에서 잠시 쉬었던 버스는 뒷골에 들렀다가 다시 주황리로 왔다. 영구 아저씨는 하루 한 번 그렇게 기사 아줌마를 보는 걸 낙으로 삼았다.

밤이 되자 서울 갔던 나 작가님이 돌아왔다. 작가님은 오자마자 영구 아저씨에게 전화를 걸었다. 영구 아저씨는 만사 제치고 작가님에게 달려갔다.

나 작가님이 가방에서 액세서리 케이스를 꺼냈다. 비로드 천으로 감싼 앙증맞은 곽에 예쁜 리본까지 묶여 있었다. 영구 아저씨는 자기가 선물을 받은 것처럼 좋아했다.

"나 작가님 정말 고맙습니다. 정말 고맙습니다. 고맙습니다."

그깟 액세서리 하나 사다주는 게 뭐가 힘들다고 영구 아저씨는 고맙다는 인사를 세 번이나 했다. 액세서리 통을 열어보고는 더 놀라서 입이 벌어졌다.

"와 정말 예쁘다. 나 작가님 돈 모자라지 않았어요?"

비로드 곽 안에는 목걸이와 귀고리 세트가 있었다. 내가 보기엔 뭐 별로였다. 이런 건 우리 엄마 방에도 수두룩했다. 엄마는 아울렛이나 세일 매장에서 만원 주고 사왔다. 작가님도 엄마처럼 만원에 샀을 것이다.

"흠, 말야. 이거 아주 고급이야. 이런 시골에선 사려고 해도 살 수 없지."

나 작가님은 은근히 자신의 안목을 내세우며 서울에서 사 온 수고를 강조했다. 영구 아저씨는 더 고마워 어쩔 줄 몰라 했다. 영구 아저씨가 시골에서 이런 액세서리를 구경이나 했겠는가. 나 작가님이 백만 원을 줬다고 해도 믿을 것이다. 게다가 작가님이 이런 선물을 줄 때는 무드 없이 버스에서 주지 말고 쉬는 날 분위기 있는 카페에서 전해줘야 한다고 나름 코치까지 해주자 영구 아저씨는 나 작가님을 하늘처럼 알고 돌아갔다.

나 작가님에게도 이제 한사람의 충복이 생겼다. 영구 아저씨는 작가님이 밭을 갈아달라고 하면 갈아줄 것이고 자동차를 태워달라고 하면 태워다줄 것이다. 사람들은 이런 영구 아저씨를 바보 영구라고 놀리겠지만 나는 왠지 만원짜리 선물을 오만 원짜리로 알고 돌아간 영구 아저씨가 더 행복해보였다.

다음날, 영구 아저씨가 버스를 탔다. "어서 오세요." 기사 아줌마가 반갑게 인사했다. 영구 아저씨는 기사 뒷자리에 앉았다. 가방 하나를 안고 있었는데 그 안에는 액세서리가 들어있었다. 나 작가님은 분위기 있는 데서 주라고 했지만 따로 만나자는 말을 도저히 할 수 없었다. 영구 아저씨는 그냥 선물만 전해주기로 했다. 마음을 전하는데 장소는 중요하지 않다고 생각했다. 버스가 어느새 분홍리 종점에 도착했다. 승객이 전 정류장에서 모두 내려서 마침 잘되었다. 기사 아줌마가 종점에서 잠시 쉬는 동안 버스에서 내리더니 담배를 붙여 물었다. 담배 연기가 바람 속으로 속속 사라졌다. 기사 아줌마는 담배 피는 폼도 멋있었다. 영구 아저씨는 지금 주는 게 좋겠다고 생각했다. 운전 중에는 위험하기 때문이다. 담배를 다 피운 기사 아줌마가 버스에 오르더니 부르릉 시동을 걸었다.

"저 잠깐만요."

영구 아저씨가 기사 자리로 갔다.

"내리실 건가요?"

"그게 아니……."

영구 아저씨는 액세서리 통을 내밀었다.

"이게 뭔가요?"

"서, 선물요."

"선물요?"

영구 아저씨는 대답 대신 고개를 끄덕였다.

"이걸 왜 저한테 주시는 건데요?"

"하, 하면 이쁠 것 같아요."

기사 아줌마가 액세서리 통을 열어보더니 눈이 동그래
졌다.

"이런 건 나한테 어울리지 않아요. 다른 사람 줘요."

기사 아줌마가 액세서리를 도로 내밀었다.

"아니, 하 하면 이쁠 것 같은데."

영구 아저씨가 액세서리를 돌려받고는 어쩔 줄 몰라
했다.

기사 아줌마가 시동을 걸고 출발했다. 버스는 다시 뒷
골을 지나 주황리로 향했다. 기사 아줌마는 아무 일도 없었던 것처럼 평소대로 운전만 했다. 오늘따라 손님도 없었다. 주황리까지 혼자 타고 온 영구 아저씨는 이제 내려야 할 판이었다. 기사 아줌마가 영구 아저씨가 늘 내리던 정류장에서 버스를 세웠다. 영구 아저씨가 내리지 못하고 머뭇거렸다.

"안 내려요?"

기사 아줌마가 문을 열어놓고 기다렸다. 영구 아저씨는 하는 수 없이 내렸다. 버스는 다시 덜컹거리며 멀어져갔다. 영구 아저씨가 앉았던 자리엔 액세서리 통이 놓여 있었다.

13

석봉이 아저씨네 마당에 앵두가 빨갛게 익었다. 석봉이 아저씨는 앵두를 따서 담은 소쿠리를 사람들이 지나다니는 마당 입구에 놓아두었다. 그 소쿠리 옆에는 이런 말도 있었다.

— 이곳을 지나시다가 목마르시면 먹어요

다음날, 앵두 소쿠리가 있던 나무 의자에 누가 돼지고기를 가져다 놓았다. 석봉이 아저씨는 돼지고기를 놓고 간 사람을 찾았으나 끝내 찾지 못했다. 그날 저녁, 석봉이 아저씨는 중풍으로 오래 누워 있는 어머니와 돼지고기를 아주 맛있게 잘 구워 먹었다.

14

나 작가님이 오토바이를 샀다. 작가님은 오토바이를 자랑하고 싶은지 전화해서 놀러오라고 했다. 할아버지는 큰 집에 가고 없어서 나 혼자 갔다. 그런데 오토바이를 보는 순간 조금 실망했다. 그건 오토바이가 아니었다. 할아버지나 기찬이 아저씨 오토바이와는 비교도 안 되게 작은 노란 스쿠터였다. 저런 건 다방 누나들이 커피를 나를 때나 쓰는 오토바이다. 더구나 새것도 아니고 중고였다. 그런데도 나 작가님은 뭐가 좋은지 오토바이를 이리 보고 저리 보며 내내 싱글벙글이었다. 하기야 작가님은 좋기도 하겠다. 이제 할아버지 차를 빌려서 타는 스타일 구기는 일은 하지 않아도 되니 말이다.

"에이 무슨 오토바이가 이래요?"

"왜 어때서?"

"작가님이 타기에 너무 작잖아요?"

"작기는 임마, 뒤에 사람도 태울 수 있는데. 어디 한번 타볼래?"

나 작가님이 스쿠터에 올라앉으며 나보고도 타보라고 했다. 오토바이는 많이 타봤지만 스쿠터는 처음이라서 타보고 싶었다. 내가 올라타자 작가님이 발판을 빼주며 딛으라고 했다.

"자, 그럼 어디 한번 달려볼까?"

시동을 걸자 부릉부릉 하고 요란한 소리가 났다.

"허리 꽉 잡아. 출발한다."

스쿠터가 마당을 빠져나가서 차도를 달리기 시작했다.

"어때? 좋지?"

"네. 신나요."

"거봐 임마. 이게 얼마나 비싼 건데."

"에이. 비싸긴 뭐가 비싸요?"

"이 녀석 봐라. 너 아저씨 애마를 우습게 봤다간 다신 안태워준다."

"피! 근데 어디 가는 거예요?"

"그냥, 아무 데나."

나 작가님 오토바이가 내가 모르는 길로 쌩쌩 달렸다. 그동안 할아버지 집에 여러 번 왔었지만 이런 길은 처음이었다. 도로 양쪽으로 복숭아밭이 지천이었다. 복숭아가 얼마나 탐스럽게 익었는지 아기 궁둥이 같았다. 드문드문 집들도 너무 예뻤다. 꼭 꿈을 꾸는 것만 같았다. 작가님이 한참을 달리다가 오래된 기와집 앞에서 스쿠터를 세웠다.

"여기가 어디예요?"

"으응. 서당."

"요새도 서당이 있어요?"

"니가 서당을 알아?"

"에이 나를 뭐로 알고. 천자문 가르치는 데잖아요. 하늘 천 따지 그런 거."

"하 고놈 제법이네."

나 작가님이 기와집으로 가는 계단을 밟고 천천히 올라갔다. 나도 따라갔다. 작가님이 방문을 열어보았다. 열리지 않았다. 간판만 서당이지 지금은 아무도 이용하는 사람이 없는 버려진 집이었다.

"석아, 아저씨가 여기서 한문이나 가르칠까?"

"그거 좋겠네요."

"그럼 너도 배우러 올래?"

"전 방학이 끝나면 서울 가야 되잖아요."

"참 그렇구나. 그만 가자."

나 작가님이 주변을 휘 둘러보며 왔던 계단을 내려갔다.

"버려두긴 아까운 곳이네."

나 작가님이 스쿠터에 오르며 혼잣말을 했다. 지금 작가님이 살고 있는 집보다 열배는 좋아 보이니 그런 소리가 나올 만도 했다.

스쿠터가 다시 달렸다. 한참을 달리다보니 시멘트 길이 끝나고 흙길이 나왔다. 나 작가님은 스쿠터를 한쪽에 세워 놓고 잠시 걷자고 했다. 숲길로 들어서니 나무들이 햇빛을 막아줘서 시원했다. 그런데 벌이 자꾸만 주변을 맴돌며 쏘려고 해서 피해 다니느라 애를 먹었다. 할아버지 양봉장에 갔다가 벌에게 쏘여 고생한 후 벌만 보면 겁부터 났다.

"가만히 있으면 돼. 벌은 건드리지 않으면 안 쏜단다."

나는 작가님 말대로 얌전히 걸어갔다. 그러니 정말 벌들이 왔다가 가고 왔다가 가고 하면서 자기네들끼리 잘 놀

앉다.

"잠시 쉬었다 가자."

나 작가님이 편편한 곳을 찾아 앉았다. 바스락 소리에
놀라서 보니 청솔모가 나무에 오르고 있었다. 새소리도 들
렸다. 작가님은 어느새 잠이 들었다. 나도 은은하게 풍기
는 나무 냄새에 취해 스르르 잠이 들었다.

다시 한참을 걸어가니 숲속에 집이 한 채 나왔다. 가정
집이라기엔 좀 크고 절이라기엔 작아 보였다. 마당에 봉고
차가 한 대 서있고 개집도 있는 걸 보니 사람이 살기는 하
는가 보았다. 그런데 왠지 분위기가 으스스 했다. 나는 그
만 돌아갔으면 좋겠는데 작가님이 자꾸만 그 집 쪽으로 다
가갔다. 가까이 가서 보니 창고 같은 건물 입구에 하늘기
도원이라는 나무 간판이 달려 있었다. 왠지 추적60분이나
PD수첩 같은 데서 나오는 기도원 같았다. 그런데 보면 사
람들을 가둬놓고 먹을 것도 안주고 때리다가 죽으면 몰래
산에다가 묻어버리고 해서 엄청 무서웠다.

"누구요?"

창고 뒤에서 한 남자가 나왔다.

"그냥 지나가던 객입니다."

나 작가님이 공손하게 대답했다.

"지나가는 길이면 가던 길이나 곧장 가지 왜 남의 집은 기웃거리는 거요?"

남자는 늙었고 차림새도 볼품없었다.

"다른 뜻이 있어서가 아니라 그냥 뭐하는 덴가 해서요?"

"기도원 처음 보시오? 얼른 가요 얼른 가."

남자가 나 작가님을 밀었다.

"아니, 이 사람이 왜 사람을 밀고 그래요? 내가 뭐 못 올 데 온 거요?"

나 작가님의 목소리가 조금 커졌다. 이러다가 괜히 싸움이 날지도 몰랐다. 작가님이 싸워야 할 상대가 늙은 남자 혼자라면 모르겠는데 자칫 싸우는 소리가 커져서 방에서 이상한 사람들이라도 튀어나오면 문제가 커질 것 같았다. 나 작가님과 나를 잡아다가 쥐도 새도 모르게 죽이면 어쩌겠는가. 나는 무서워서 얼른 가자며 작가님을 막 끌어당겼다. 작가님이 못이기는 척 내가 끄는 대로 끌려왔다.

기도원에서 나온 작가님은 자꾸만 숲속으로 걸어 들어갔다. 이제 그만 돌아갔으면 좋겠는데 나 작가님은 이런 곳에 길이 나있네, 하며 자꾸만 길을 따라 갔다. 여기서 더 가다가는 여우굴을 만날지도 몰랐다. 숲이 얼마나 깊은지 호랑이에게 물려가도 뉴스에도 안 나오게 생겼다. 만일 멧돼지라도 나타난다면? 얼마 전에도 뉴스에서 산에 갔다가 멧돼지에게 물려죽은 사건이 보도되었었다. 실제로 우리 할아버지도 산에 갔다가 멧돼지를 만난 적이 있었다. 왠지 소름이 오싹 돋았다. 금방이라도 저쪽에서 멧돼지가 휙 튀어나올 것만 같았다. 이럴 때 바크라도 있었으면. 할아버지는 산에서 멧돼지를 만났었는데 바크 덕분에 목숨을 건졌다는 얘기를 몇 년이 지난 지금도 종종 했다. 가을이었다고 했다. 할아버지 집 뒷산에는 유독 밤나무가 많았다. 할아버지는 자루를 들고 밤을 따러 갔다. 바크를 너무 집에만 묶어두었다는 생각이 들어 운동도 시킬 겸 함께 산에 올랐다. 산에는 여기저기 떨어진 밤이 수북했다. 할아버지는 바닥에 떨어진 밤을 부지런히 주워 담았다. 그것만으로도 충분한데 할아버지는 나무에 매달려 있는 밤들을 그냥 두고 오기가 아까워 더 따기 위해 가지를 흔들었다. 그때 저쪽 숲속에서 멧돼지 한 마리가 나타났다. 새끼 같았으면 할아버지 혼자서도 어떻게 해보겠는데 눈앞에 나타난 멧돼지는 할아버지 힘으로는 어찌할 수 없을 만큼 크고 무섭게 생겼다. 산에서 멧돼지를 만났을 때 눈을 마주치지 말고 가만히 있으면 그냥 지나간다는 상식쯤은 할아버지도 알고 있었다. 그래서 오금이 저렸지만 모른 척 태연하게 다른 곳을 보았다. 그런데 다 그런 건 아닌지 할아버지를 본 멧돼지는 굶주린 맹수마냥 할아버지를 향해 돌진해왔다. 순간 죽었구나 하는 생각이 들기도 전에 바크가 달려들어 멧돼지의 목을 물었다. 달려오던 멧돼지가 주춤했다. 갑작스런 공격을 받은 멧돼지는 자기를 해친 게 바크라는 것을 알고 맹렬하게 대항했다. 멧돼지와 바크의 물고 뜯는 싸움이 시작되었다. 그러기를 잠깐, 상대가 만만하지 않다고 생각되었는지 날을 세우고 달려들던 멧돼지가 싸움을 멈추고 숲속으로 달아났다. 그것은 할아버지가 어떻게 손을 써볼 겨를도 없이 너무나 짧은 시간에 벌어졌다. 할아버지가 바크에게로 달려왔다. 바크가 숨이 차는지 계속 헥헥 댔다. 여기 저기 멧돼지에게 물린 자국으로 흰 털이 피투성이였다. 할아버지는 바크를 껴안고 한참을 울었다. 만일 바크가 없었더라면 할아버지는 어떻게 되었을까. 할아버지는 그 다음 일은 생각하기도 싫다고 했다.

"다리 아파서 더는 못가겠어요."

나는 주저앉는 시늉을 했다. 사나이 자존심에 무섭다는 말은 차마 못하겠고 다리 아픈 핑계를 댔다.

"그럼 좀 쉬었다 갈까?"

나 작가님이 풀섶에 풀썩 주저앉았다. 나도 따라서 앉았다. 그때, 저쪽에서 뭔가 흰 물체가 획 지나갔다. 작가님도 보았는지 자리에서 벌떡 일어났다. 나는 너무 무서워서 작가님의 바짓가랑이를 꽉 그러쥐었다.

"뭐지? 짐승 같지는 않고."

나 작가님도 겁먹은 표정이었다.

"무서워 죽겠어요. 빨리 나가요."

나는 빨리 이 숲에서 나가고 싶었다. 나 작가님도 은근히 쫄았는지 이번엔 내 말을 따라주었다. 우리는 왔던 길을 다시 걸어갔다. 그때 저쪽에서 또 흰 물체가 획 지나갔다. 나는 무서워서 또 작가님을 꽉 붙잡았다. 나 작가님은 이번엔 호기심이 생기는지 흰 물체가 지나간 곳을 빤히 쳐다봤다. 우리를 보고도 달려들지 않는 걸 보니 짐승은 아닌 것 같다고 했다. 그때 뒤에서 누가 내 머리를 딱 내리쳤다.

"웬 놈들이야? 뭐하는 놈들인데 내 구역에서 얼쩡거리

고 있어?"

돌아보니 건장한 사내가 벌거숭이 차림으로 나무 막대기를 들고 서 있었다. 아마도 저 막대기로 내 머리를 때린 것 같았다.

"누구요? 당신은?"

나 작가님이 물었다. 나는 사내의 벌거벗은 몸이 우스웠지만 꾹 참았다. 여기가 무슨 타잔이 사는 밀림도 아니고 어른이 저렇게 다 벗고 다니다니.

"이놈 봐라. 남의 집에 와서 되려 누구냐니? 그러는 넌 누구냐?"

사내는 다짜고짜 반말이었다.

"저는 저 아랫마을 주황리에 사는 사람이오만 댁은 여기서 사시오?"

"주황이고 분홍이고 여긴 왜 왔어? 여긴 사람들이 다니는 곳이 아닌데."

"그냥 발 가는 대로 가다가 여기까지 온 것이오만 댁은 어디 사는 뉘시오?"

"어디 살긴 이놈아, 여기가 내 집이다 이놈아."

주변을 둘러보니 사내의 말대로 숲 속에 집 한 채가 있었다. 물론 그건 집이라고는 할 수 없는 거적때기 같은 걸이어 만든 짐승의 우리 같은 것이었다.

"진짜 저기서 산단 말이오? 먹는 건 어쩌고, 또 겨울엔 추워서 어찌 산단 말이오?"

나 작가님이 기가 막힌 듯 물었다. 작가님도 웬만한 건 자연에서 그냥 해결하는 사람인데 이 사내 앞에서는 쪽도 못쓰게 생겼다.

"주변에 널린 게 먹는 건데 뭐가 걱정이야? 볼래?"

사내는 나무 사이에서 벌레 하나를 꺼내오더니 입 안에 넣고는 쩝쩝거렸다. 단백질 보충이란다. 나는 징그러워서 얼굴을 찌푸렸다.

나 작가님이 왜 이러고 사냐고 묻자 처음엔 얘기를 잘 안하려고 하다가 작가 특유의 유도심문으로 살살 꼬드기자 자기 얘기를 털어놓았다. 도시가 싫어서 산으로 들어왔는데 이곳이 얼마나 좋은지 다시는 도시로 나가고 싶지 않다고 했다.

"그래 이곳에서 산지는 얼마나 되었소?"

"잘 모르오. 달력을 본 적이 없으니까."

사내는 나 작가님과 친해지자 반말을 하지 않았다.

"지금이 몇 년도인지는 아시오?"

"그것도 모르오. 계절이 수도 없이 바뀌었으니까 한 십 년 쯤 흘렀을라나. 처음엔 겨울이 유독 길게 느껴지더니 이젠 겨울도 금방금방 지나가더이다. 그래 지금이 몇 년도요? 내가 산에 들어온 해는 1988년도였소만. 그때 올림픽 한다고 하도 나라가 들썩거려서 내 똑띠기 기억하오."

"88년요? 하, 그러면 이러고 산지 30년이 넘었단 말이오? 오 마이 갓."

나 작가님이 입을 다물지 못했다.

"그새 30년이 흘렀단 말이오? 그럼 내 나이가 칠십?"

사내는 마흔이 안 되어 산으로 들어왔다고 했다. 산에서 자연과 살면 늙지도 않는가 보았다. 머리를 풀어헤쳐서 그렇지 자세히 보면 나 작가님보다도 젊어보였다.

"마을로 내려가서 삽시다. 이젠 나이도 있는데."

"무슨 소리요? 난 여기서 살다가 그냥 짐승의 밥이 되어줄 작정이오. 내가 그들을 잡아먹고 살았으니 나도 되돌려주는 거요."

사내는 정말로 짐승을 잡아먹고 살았는지 불을 땐 흔적과 뼈다귀가 여기저기 널려 있었다.

"왜요? 보고도 믿기지가 않소? 얼마 전에도 개 한 마리 잡아서 포식을 했소이다 하하!"

"개를 잡아먹었다고요?"

개라는 말에 나 작가님이 놀라서 물었다.

"그렇소. 왜요? 개는 안 됩니까?"

"꿩이나 토끼라면 모를까, 이런 숲 속에 개가 있나요?"

"가끔 버려진 개들이 헤매다가 이런 곳까지 오기도 하지요."

"아저씨가 잡아먹었다는 개가 어떻게 생겼나요? 털은 무슨 색이었죠?"

나는 궁금해서 더 이상 듣고만 있을 수가 없었다.

"그건 알아서 뭐하게?"

사내가 놀란 얼굴로 물었다.

"얼마 전에 개를 잃어버려서 저런다오. 워낙 친했거든요."

나 작가님이 내가 할 말을 대신해주었다.

"그거 안됐구먼. 허나 이제 와서 무슨 소용이요? 개는 흔적조차 없는 걸. 안 그렇소?"

나는 우리 바크인지 아닌지 확인해보고 싶었지만 얘길

해줄 것 같지 않았다. 차라리 듣지 않는 게 좋았다. 만일 바크처럼 생겼다면 나는 더 괴로울 것 같았다.

"가끔 놀러 와도 됩니까?"

나 작가님이 헤어지기 섭섭한지 물었다.

"나는 오는 사람 막지 않고 가는 사람 잡지 않소."

사내가 가면서 목마를 때 먹으라고 오이를 두 개 따주었다. 안 그래도 더워서 물이 먹고 싶었는데 잘되었다. 나는 오이를 받아드는 즉시 와작와작 깨물어 먹었다.

"고놈 목말랐나 보구만. 하하."

나 작가님과 나는 사내를 뒤로 하고 숲을 빠져나왔다. 사람은 저렇게 아무것도 없이도 사는데 우리는 너무 많은 것을 가지려 한다고 작가님이 숲을 걸어 나오면서 말했다.

우리는 왔던 길을 고스란히 되돌아서 걸었다. 스쿠터를 세워놓은 곳으로 돌아와야 했기 때문에 다른 길로 가면 안 되었다. 그런데 참 이상한 일이었다. 길은 하나 밖에 없는데 갈 때 보았던 기도원이 보이지 않았다. 나는 작가님에게 기도원이 왜 안보이냐고 물었다.

"기도원? 무슨 기도원?"

"아까 여기 지나갈 때 하늘기도원이라고 있었잖아요?"

"애가 더위 먹었나? 이런 숲 속에 무슨 기도원이 있었다고 그래?"

"나 작가님이 어떤 아저씨하고 얘기도 했잖아요?"

"애가 점점 모를 소리만 하네. 빨리 가자. 애마를 너무 오래 기다리게 했어."

나 작가님이 걸음을 재촉했다. 나는 어안이 벙벙했다. 조금 전에 본 것을 왜 못 봤다고 하는지 더 물어보고 싶었지만 작가님이 워낙 앞서 가는 바람에 물어볼 수가 없었다. 내가 잘못 봤나? 숲을 빠져나오니 스쿠터가 햇빛을 받아 지글거리며 타고 있었다.

작가님이 스쿠터에 나를 태우고 다시 달렸다. 밭에 나와 일하는 농부 한 둘이 눈에 띄었다. 사람을 보니 조금 안심이 되었다. 할아버지 집 동네에 이런 곳이 있는지도 처음 알았다. 나는 할아버지 집과 그 동네에서만 지냈다. 멀리 간다는 게 기껏해야 갈색면에 장보러 갈 때 따라가는 거였다. 작가님이 오토바이를 사니 내게 이런 횡재가 떨어지는구나 싶었다. 아까 오토바이가 후지다고 말했던 게 조금 미안했다. 후지건 말건 작가님의 스쿠터에 가장 첫 손님이 나 아닌가. 작가님은 서울 누나를 태우고 싶었겠지만 서울에 있으니 도리가 없었다. 하기야 서울 누나가 이 스쿠터를 보면 뭐라고 할지 안 봐도 뻔하다. 서울 누나는 개나 소나 다 있는 낡은 자동차 한 대 없다고 작가님만 보면 투덜댔었다. 시골에서 자동차란 사치품이 아니라 필수품이다. 집들이 멀찍이 떨어져있고 시내버스가 자주 다니지 않아서 자동차 없이 생활하는 건 아주 불편하다. 그래서 다른 건 몰라도 차는 한 대씩 가지고 산다. 자동차 살 형편이 안 되면 하다못해 오토바이라도 있어야 한다. 그런데 나 작가님은 오토바이 하나 없이 시골생활을 버텼으니 작가님은 그렇다 쳐도 서울 누나가 어떻게 견뎠겠는가. 그러다가 기껏 장만한 게 장난감 같은 스쿠터니 서울 누나에게 좋은 소릴 들을 수 있겠는가. 하기야 작가님도 자동차가 싫어서 스쿠터를 산 건 아닐 것이다. 차 살 돈이 없는걸 어쩌라고. 작가님은 돈만 좀 있으면 아주 멋있게 살 분인데 돈이 없는 게 흠이다. 고모는 나 작가님이 차를 빌리러 올 때마다 오토바이 한 대 살 돈도 없으면서 무슨 꼴 난소설가라고, 차라리 농사나 짓지, 그러면 밥은 먹고 살 텐데, 하면서 작가님을 비아냥댔다. 고모 말에 의하면 소설가는 밥도 못 먹고 산다는 얘긴데 고모가 원래 부정적인 스타일이긴 하지만 실제로 작가님을 보면 또 틀린 말도 아닌 것 같다. 나는 이야기 만드는 걸 좋아해서 이다음에 커서 소설가가 될까 생각도 했었는데 밥도 못 먹는다니 다시 한 번 생각해봐야겠다.

나 작가님이 복숭아 농장에서 잠시 멈췄다. 썬캡을 길게 쓴 아줌마들이 부지런히 복숭아를 매만지고 있었다. 흠이 진 것은 골라내고 예쁜 건 종이에 싸서 박스에 담았다.

"와아, 복숭아가 정말 탐스러워요."

내가 다 들리게 말했는데도 아줌마들은 쳐다보지도 않고 묵묵히 일만 했다.

"올핸 가뭄이 길어서 과일이 더 맛있지."

모두들 비가 안와서 걱정이라는데 작가님은 비가 안 오는 게 과일들에겐 더 좋다고 했다. 과일은 햇빛을 많이 받아야 더 맛있게 영근다고 했다. 그러면서 빨리 비가 와야 한다고도 했다.

나 작가님이 흠 진 것 중에서 하나를 집어 껍질을 살살 벗겨 내게 먹으라고 주었다. 나는 우리 게 아니기 때문에 일하는 아줌마들 눈치를 봤으나 아줌마들은 모른 채 일만 했다. 널린 게 복숭안데 까짓 흠 난 거 하나 먹는다고 뭐라고 하겠는가. 나는 작가님이 주는 복숭아를 받아 한 입 크게 베어 물었다. 단물이 물큰 나오는 게 기가 막히게 맛있었다. 농장에서 바로 따서 먹으니 더 맛있었다. 나 작가님도 복숭아를 깨물면서 정말 맛있다는 말을 다섯 번도 넘게 했다.

"우리 할아버지 드시게 복숭아 좀 사가요."

나는 작가님의 손을 끌고 일하는 아줌마들에게로 다가갔다.

"아줌마, 우리 복숭아 살 건데 이거 얼마에요?"

나는 박스에 담긴 복숭아를 가리키며 물었다. 그런데 아줌마는 대답은 않고 일만 했다. 나는 무안해서 작가님을 쳐다보았다.

"석아, 이 사람들은 우리가 하는 말을 못 듣는단다. 그만 돌아가자."

"왜요? 귀머거리예요?"

"그런 게 아니라 이 사람들은 우리와 다른 세계에 사는 사람들이거든."

"다른 세계요?"

"그래. 이 사람들과 우리 사이엔 큰 벽이 가로놓여 있지.”

"벽이라뇨? 아무 것도 안 보이는데요?"

"지금은 그럴 거야. 좀 더 크면 보인단다."

작가님은 내가 아이라서 설명해줘도 모를 거라고 했다. 어른의 세계란 참 알다가도 모를 일이다.

작가님이 돌아서 나오면서 비닐봉지에 복숭아 몇 개를 담았다. 그리고 그 옆에 만 원 짜리 한 장을 올려놓았다.

"상처가 났지만 맛있을 거야. 할아버지 갖다드리자."

우리는 복숭아 봉지를 들고 스쿠터 있는 곳으로 왔다. 이걸 어떻게 가져가나 했는데 나 작가님이 안장을 들추더니 그 속에 넣었다. 스쿠터 안장에 이런 비밀스런 곳이 있는지 처음 알았다. 그리고 보니 이 스쿠터도 여러 모로 활용도가 높았다.

"임마, 이 스쿠터 무시하지 마. 보기엔 이래도 있을 건 다 있다고."

나 작가님이 흐뭇한 듯 스쿠터의 안장을 한 대 툭 쳤다. 나와 복숭아를 실은 스쿠터가 시골 거리를 힘차게 달렸다. 매일 보던 하늘이며 나무며 꽃들이 오늘따라 더 아름다워 보였다.

15

시골 아저씨들의 커피 입맛은 참 특이하다. 내가 볼 때는 그 커피가 다 그 커피 같은데 왜 꼭 다방 레지가 타주는 커피가 더 맛있다는 건지. 레지라는 말은 할아버지와 필원이 아저씨가 레지, 레지 해서 알았다. 다방 커피를 특히 좋아하는 사람은 필원이 아저씨다. 아저씨는 친구들이 놀러 오거나 혹은 혼자 있을 때도 다방 커피를 배달시켜 먹었다. 아마 부인이 죽고 혼자 사니까 적적해서 그러는 거라고 할머니가 그랬지만 왠지 남자 혼자 사는 집에 다방 레지가 들락거리는 게 보기에 좋지는 않다. 할아버지도 다방 커피가 맛있다며 시켜먹고 싶어 했지만 할머니 때문에 못 하는 것 같다. 나 작가님은 다방 커피는 비싸서 그런지 집에서 직접 타먹었는데 커피에 설탕을 넣지 않았다. 나는 그 맛이 궁금해서 작가님이 먹다가 남긴 커피를 한 모금 먹어본 적이 있었는데 먹자마자 뱉어버렸다. 나도 다방 커피가 더 맛있다. 레지가 타줘서 그런 건지는 잘 모르겠지만.

필원이 아저씨는 일하러 가지 않을 때에는 마당에 불을 놓고 할아버지와 나 작가님을 불렀다. 일부러 부르지 않아도 불 피운 연기만 올라가면 슬금슬금 모두 제 발로 왔다.

"개가 없으니 허전해 죽겠네."

할아버지가 먼저 들어서며 말했다.

"제가 한 번 알아볼까요?"

필원이 아저씨가 잔솔을 한 무더기 더 얹으며 대꾸했다.

"글쎄 어디 마땅한 개가 있을라나?"

"전에 달수네 개가 새끼 뱄다는 얘기를 들었었는데 낳았나 모르겠네."

필원이 아저씨가 그렇게 얘기했는데도 할아버지는 묵묵부답이었다. 아직 바크에 대한 미련을 못 버리고 있는 게 분명했다.

그때 마당으로 나 작가님이 들어섰다.

"어서 오세요."

할아버지와 필원이 아저씨가 동시에 같이 인사를 했다.

"이젠 저녁이 되니 선선하네요."

나 작가님도 인사를 했다.

"저녁들은 다 드셨지요?"

필원이 아저씨가 묻자 다들 먹었다고 대답했다. 그러자 아저씨가 바지 주머니에서 핸드폰을 꺼내어 어딘가로 전화를 걸었다.

"여기 커피 세 잔만 갖다 줘요. 아, 그리고 올 때 담배 한 갑도 사오고."

커피 시킬 때 심부름도 함께 시키는 건 보통이었다. 담배 심부름은 양호하다. 어떨 땐 대파나 두부를 사오라고 할 때도 있었다. 이곳 다방은 필원이 아저씨가 모두 접수하고 있어 아저씨 말 한마디면 척척 알아먹었다.

"커피는 뭐한다고 자꾸 시키나. 그냥 타먹으면 될 걸."

할아버지와 나 작가님이 자꾸 얻어먹기만 하는 게 부담스러운지 말은 그렇게 하면서도 다방 커피가 싫지 않은 눈치다. 분 냄새를 맡으며 먹는 커피는 맛이 다르다나 어쨌다나. 나도 분 냄새가 싫지는 않다.

"참, 준석이 먹을 걸 안 시켰네."

필원이 아저씨가 다시 핸드폰을 꺼냈다.

"준석이 뭐 먹을래? 먹고 싶은 거 얘기해."

"됐구먼. 저녁 금방 먹고 뭘 또 먹어."

할아버지가 내 대변인인가. 난 아이스크림이 먹고 싶다고 얘기하고 싶은데 할 수가 없게 되었다. 그러나 필원이 아저씨는 어느새 주문을 넣고 있었다.

"이봐, 올 때 아이스크림도 한 두어 개 사와."

역시 필원이 아저씨다. 아저씨는 어쩌면 저렇게 내 맘을 잘 아는지 모르겠다. 저렇게 사람 마음을 잘 아니 여자들이 따르는 거겠지. 여자들은 잘해주는 남자를 좋아하니까.

전화한 지 이십 분쯤 지났을까. 주문한 커피가 왔다. 낮에는 스쿠터로 배달을 다니는데 밤에는 위험해서 자동차로 다닌다. 차 문이 열리고 보자기에 싼 쟁반을 든 레지가 조수석에서 내렸다. 짧은 치마에 화장도 진하게 했다. 아저씨들은 안보는 척 하면서도 레지의 다리를 흘끔흘끔 훔쳐보았다. 운전석에서도 여자가 내렸다. 나이가 좀 많은 걸로 보아 다방 주인 같았다. 필원이 아저씨와는 잘 아는 사이인지 아주 친한 척했다. 필원이 아저씨는 다방을 운영하다가 요즘 그만뒀는데 그래서 그런지 다방 쪽으로 아는 사람이 많았다. 레지가 아이스크림과 담배를 의자에 내려놓고 커피를 탔다. 레지는 고향이 중국이라고 했다. 이 동네는 중국 여자가 많았다. 주로 다방에 더 많았다. 할아버지는 중국 여자를 싫어했는데 커피 맛이 떨어질까 봐 지금은 아무 내색도 하지 않았다. 불씨가 작아지자 필원이 아저씨가 이번엔 큰 나무둥치 두 개를 가져다 얹었다. 그리고 잘 타도록 잔솔도 더 얹었다. 다시 불이 활활 타올랐다. 불가에서 아이스크림을 먹으니 녹아서 막 흘러내렸다. 나는 멀찍이 물러나서 얼른 먹어치웠다. 달콤하고 맛있었다.

커피 잔이 비자 다방주인이 가봐야겠다며 일어섰다. 레지가 빈 잔을 모아 쟁반에 담고 보자기로 쌌다. 레지들은 한 곳에 오래 머물러있지 않았다. 레지들하고 더 놀려면 커피 값에 팁을 얹어줘야 한다고 했다.

"대체 중국 여자들은 왜 남의 나라에 와서 돈을 긁어가나 몰라."

다방주인과 레지가 탄 자동차가 마당을 빠져나가고 나자 그제야 할아버지가 한 소리 했다. 할아버지는 중국 사람이 하는 중국집이나 식당은 들어가지 않는다. 전에 한번은 시내에 나갔다가 자장면을 먹으러 간 적이 있었는데 사장이 중국 사람인 걸 알고 도로 나온 적도 있었다.

　나 작가님이 주머니에서 하모니카를 꺼냈다. 역시 작가님은 낭만을 안다. 십팔번은 〈사랑이야〉와 〈오빠생각〉이다. 나 작가님이 부는 하모니카 소리가 깊은 밤공기 속으로 은은하게 울려 퍼졌다. 여치와 이름 모를 벌레들도 화음을 넣었다. 장작불과 하모니카와 여치 소리가 어우러지자 정말 환상이었다. 서울에서는 맛볼 수 없는 시골만의 정취였다. 나는 이런 멋을 모르고 살아갈 내 친구들이 불쌍했다. 내게 할아버지가 있고 그곳이 시골인 게 얼마나 좋은지 모른다. 엄마아빠는 나를 키우기 싫어서 억지로 할아버지 집에 떠넘겼지만 나는 서울의 아파트보다 촌스러운 이곳이 더 좋다.

16

　서울 누나가 다시 왔다. 이번엔 혼자가 아니라 내 또래
의 여자 아이를 하나 달고 왔다. 조카라고 했다. 언니의
딸인데 언니가 갑작스레 뇌졸중으로 죽는 바람에 달리 키
울 사람이 없어서 서울 누나가 맡게 되었다고 했다. 아빠
가 있으나 마도로스라서 딸을 키울 수가 없다고 했다. 마
을 사람들은 처음에 서울 누나가 아이를 데리고 나타나자
서울 누나의 딸인 줄 알고 자식도 있는 사람이 처녀 행세
를 하고 다녔다며 뒤에서 흉을 보았으나, 사연을 전해 듣
고는 천사가 따로 없다며 칭찬이 자자했다. 요새같이 자기
자식도 마다하는 판에 그것도 처녀가 언니의 아이를 키우
는 건 쉽지 않다고 했다.

서울 누나는 이곳에 아주 살려고 왔다. 지난번에 나 작가님 집에 다녀간 건 단순히 놀러온 게 아니라 여기저기 집을 알아보러 왔던 거였다. 나 작가님이 이 동네가 인심도 경치도 좋고 여러 모로 살기 좋은 동네라고 입이 마르게 칭찬을 한 모양이다. 그래서 답사 차 왔다가 마음을 굳힌 것이다. 서울 누나가 이 동네로 와서 살기로 한 건 내 영향도 컸을 것이다. 내가 서울 누나에게 좀 잘해주었는가. 더구나 조카를 생각해서 내가 친구가 되어주면 좋겠다고 생각했을 것이다. 친구라면 나는 자신 있다. 그것도 여자 친구라니 이게 웬 횡재인가.

　서울 누나는 큰할아버지네 옆집으로 이사를 왔다. 자식들이 모두 도회지로 나가고 할머니 혼자 살았었는데 작년에 돌아가시면서 내내 비어있던 집을 큰할머니가 소개해서 들어오게 되었다. 혼자 살던 할머니가 돌아가시자 자식들은 그 집이 더 이상 소용없게 되어 팔려고 내놓았으나 선뜻 사겠다는 사람이 없어서 이러지도 저러지도 못하고 버려두었다. 집은 비워두면 흉가가 되어버려 보기에도 아주 안 좋은데 그래도 살겠다는 사람이 나서니 그나마 다행이라며 서울 누나는 거의 공짜로 살게 되었다. 마음을 착하게 쓰니 복이 따르는 거라고 마을 사람들은 모두 나서서 오래된 집의 묵은 먼지를 털고 청소까지 해주었다.

사람이 살던 집이라서 생활에 필요한 건 거의 다 있었다. 단지 좀 낡고 촌스러워서 서울 누나가 어떻게 생각할까 걱정되었지만 서울 누나는 따로 이사할 필요도 없고 돈도 절약되어 오히려 잘되었다며 좋아했다. 그 대신 조카 방은 좀 예쁘게 꾸며주어야겠다며 작은 방에 있던 오래된 집기들을 꺼내고 새 책상과 침대를 사왔다. 그 모든 일을 나 작가님이 나서서 다 해준 건 말할 것도 없다. 작가님은 서울 누나가 옆에 와서 살게 된 게 좋은지 내내 싱글벙글이었다. 서울 누나도 작가님에게 많이 의지하는 눈치였다. 서울 누나는 내가 생각했던 것보다 훨씬 더 마음씨가 곱고 예뻤다. 딱 내 스타일이라고나 할까. 서울 누나 같은 이모라면 조카도 엄마가 없더라도 잘 자랄 수 있겠다는 생각이 들었다. 내가 엄마 아빠 없이 할아버지 집에서 잘 크고 있는 것처럼 말이다.

그런데 한 가지 좀 이상한 게 있었다. 조카가 학교도 다녀야 하는데 왜 이런 시골에 와서 살려고 하는지 말이다. 나야 워낙 시골 체질이고 방학 동안만 와서 지내는 거니까 그럴 수 있지만 조카는 엄연히 서울서 학교를 다녔고 시골에 나처럼 할머니 할아버지가 있는 것도 아니었다. 나는 워낙 궁금한 걸 못 참는 성미라서 작가님에게 대놓고 물어보았다.

"나 작가님, 서울 누나 조카 말인데요. 몇 살이에요?"

나는 관심이 없는 척 하면서 제일 궁금한 나이부터 물어보았다.

"오호, 우리 준석이가 수영이가 궁금한 게로구나. 가만 있어봐라 몇 살이더라. 준석이 또래긴 한데. 몇 살이지? 동갑이면 좋겠는데."

"에이 뭐 그런 것도 몰라요."

나는 괜히 물어가지고 내 마음만 들킨 셈이 되어버렸다. 그렇지만 한 가지 소득은 있었다. 그 아이의 이름이 수영인 건 알았으니까.

"근데요 작가님, 걔는 학교 안 다녀요? 여기서 학교 다니려면 힘들 텐데."

"응 당분간 학교는 쉬게 될 거야. 수영이가 많이 아프거든."

그러고 보니 수영이가 기운이 없어 보이긴 했다. 아직

시골에 적응이 안 되어서 시무룩한가 했는데 아파서 그랬었나 보았다.

"수영이가 친구도 없고 하니까 준석이 니가 잘 대해줘. 알았지?"

작가님은 나를 뭘로 보고 그런 부탁을 하는지 모르겠다. 내가 얼마나 잘해주는지 작가님이 알게 되면 놀라자빠질 거다. 이런 시골에 친구가 생긴 깃만 해도 좋아 죽겠는데 더군다나 여자 친구라니. 갑자기 서울 가기가 싫어졌다. 나는 아직까지 여자 친구가 없었는데 잘하면 수영이가 내 여자 친구가 될 수도 있겠다. 새침데기 같은 게 좀 걸리긴 하지만 여기에 친구라고는 나밖에 없으니 수영이도 나를 거절할 수는 없을 거다.

나는 큰할아버지 집에 가는 척 하면서 자주 수영이 집 주변을 어슬렁거렸다. 할머니하고 같이 갈 때 빼고는 안 가던 큰할아버지 집을 자주 가자 큰할머니는 이제 내가 철이 들어간다고 칭찬이 자자했다. 뭐, 아무려면 어떤가. 칭찬도 듣고 수영이도 보고, 님도 보고 뽕도 따고, 고스톱에서 말하는 일타쌍피인 셈이니 나야 나쁠 건 없다.

서울 누나는 시골에 무슨 볼일이 그렇게 많은지 낮엔

거의 집에 없었다. 시골 오면서 드나들기 불편하다며 차를 샀는데 운전 연습을 해야 한다면서 툭 하면 차를 몰고 나갔다. 아직 운전이 익숙하지 않아서 수영이는 태울 수 없다며 나 작가님만 태우고 다녔는데 그 말이 전혀 틀린 건 아니었지만 나는 왠지 작가님하고 데이트를 하고 싶어 둘러대는 핑계로 보였다. 그게 나는 싫지 않았다. 덕분에 내가 수영이를 독차지할 수 있으니 말이다. 어른은 어른들 세계가 있고 아이는 아이들 세계가 있다. 서울 누나와 나 작가님이 같이 놀고 나와 수영이가 노는 게 맞다. 나는 자전거가 자신 있으니 수영이와 얼른 친해져서 자전거 뒤에 태우고 달리면 된다.

수영이는 혼자 있을 때 방에서 책을 보거나 컴퓨터를 했고 가끔 마당에 나와 흙을 만지면서 놀기도 했다. 수영이가 방에 있을 때는 신발만 보고 돌아가곤 했는데 마당에 나와 있을 때는 다가가서 말을 걸었다.

"우리 땅따먹기 할래?"

수영이 집은 마당이 흙이라서 땅따먹기를 할 수 있었다. 요즘은 시골집도 모두 시멘트나 자갈이 덮여 있어 흙장난을 하면서 놀 수 없는데 이 집은 흙이 있어 놀기가 좋았다.

"그건 어떻게 하는 건데?"

수영이가 심심했던지 관심을 보였다. 나는 마당에 그림을 그려가면서 열심히 설명해주었다. 땅따먹기는 나 작가님에게 배웠다. 어렸을 때 시골에서 하고 놀았다며 하나하나 다 가르쳐주었다. 물론 그건 내게 수영이를 맡기고 서울 누나를 빼내가기 위한 계략이었지만 나는 그게 더 좋아서 열심히 배워두었다. 며칠 전에는 공기놀이가 쉽고 재밌을 것 같아서 작은 돌멩이 다섯 개를 주워가지고 수영이와 놀자고 한 적이 있었는데 수영이의 손이 작고 돌을 다루는 게 익숙하지 않아서 나와의 게임에서 계속 졌다. 자꾸 지기만하니까 싫은지 수영이는 공기놀이에 곧 싫증을 냈다. 그래서 나는 수영이가 이길 수 있는 게임으로 해야겠다 싶어서 땅따먹기를 하자고 했다. 땅따먹기는 편편한 돌을 톡 쳐서 땅을 넓혀가는 거라서 수영이도 쉽게 할 수 있을 것 같았다. 공기놀이도 맘먹기에 따라서 얼마든지 져줄 수도 있었지만 나는 수영이 앞에서 솜씨를 뽐내고 싶어서 일부러 져주는 게 쉽지 않았다. 땅따먹기는 특별히 실력을 과시할 게 없어서 나는 열심히 하는 척 하면서 일부러 돌을 바깥 금 밖으로 튕겨나가게 해서 져주었다. 내가 가진 땅을 점점 잃고 수영이가 자기 땅을 넓혀갈 때마다 수영이는 박수를 치면서 깔깔대고 좋아했다. 수영이가 좋아하니 나도 좋았다. 수영이를 기쁘게 해주는 일이 이렇게 쉽다니. 수영이가 땅따먹기에서 나를 이기자 자신감이 생겼는지 공기놀이도 하자고 했다. 아마도 며칠 전에 어이없이 당한 복수를 하고 싶어 하는 것 같아 나는 좋다고 했다. 수영이가 방에서 잘 다듬어진 돌맹이 다섯 개를 가지고 나왔다. 마당에서 급하게 주워오지 않고 방에서 가져오는 걸 보니 아마도 방에서 며칠 동안 열심히 연습한 것 같았다. 예상대로 수영이의 공기놀이 솜씨는 놀랄 만큼 발전해 있었다. 그러나 아직 나를 따라올 순 없었다. 자기가 이길 거라고 예상했는데 나에게 밀리자 아까 땅따먹기에서 승리한 기쁨은 온데간데없어지고 다시 얼굴이 붉으락푸르락해졌다. 나는 수영이에게 져주기 위하여 일부러 돌을 멀리 던져 국가대표도 잡을 수 없게 해놓았다. 스타일 구기지 않으면서 수영이에게 져주려면 그 방법밖에 없었다. 뭔가 자연스럽지가 않다는 걸 수영이도 느끼는 듯 했으나 일단은 내가 지고 자기가 이겼다는데 만족하는 듯 했다.

날이 어둑어둑해지자 서울 누나가 돌아왔다. 나 작가 님은 먼저 집에다 내려놓고 왔는지 혼자였다. 서울 누나 는 나를 보더니 수영이와 놀아줘서 고맙다며 제과점에서 사온 과자를 주었다. 입에서 살살 녹았다. 서울 누나가 이 마을에 이사 오고 나서 내 생활도 한층 업그레이드 되었 다. 내가 그만 가겠다고 하자 수영이가 마당 끝까지 따라 나오며 내일도 꼭 오라고 했다. 나는 속으로 만세를 불렀 지만 그냥 무뚝뚝한 얼굴로 알았다고만 하고 수영의 집을 나왔다. 여름 방학이 끝나 가는데 수영이를 시골에 두고 갈 일이 막막하다.

17

큰할아버지가 돌아가셨다. 갑자기 돌아가시는 바람에 가족들의 놀라움은 실로 컸다.

"그 냥반 성질 참 사납더니 가는 것도 똑같구먼."

처음 소식을 듣고 할머니가 한 말이었다.

큰할아버지는 점심 잘 먹고 산에 나무하러 갔다가 변을 당했다. 나무가 넘어지면서 큰할아버지의 배를 눌러 장 파열로 그 자리에서 즉사했다. 나무 베는 일이야 평생을 해온 일인데 그 나무에 깔려 죽게 될 줄은 몰랐다. 사람들은 큰할아버지가 너무도 어이없게 가버리자 운명이라고 했다. 그날이 미리 받아놓은 제삿날이 아니고서야 어찌 그렇게 허망하게 갈 수 있느냐는 것이다. 어떤 사람은 큰할아버지가 복이 많은 양반이라고도 했다. 복이 많아 병치레로 고생도 안하고 병원비도 안 쓰고 편하게 갔다는 것이다. 그 말에 사람들은 모두 고개를 끄덕끄덕 했다. 그러나 자식들은 조금 다르게 말했다. 너무 급하게 가는 바람에 임종을 지키지 못하는 불효를 저질렀다는 것이다. 사고가 나고 병원에서 좀 있다가 돌아가셔야 못다 한 효도도 하고 죽음에 대한 준비도 하는데 갑자기 돌아가시는 바람에 회한이 남는다고 했다. 사람들은 그 말에도 고개를 끄덕끄덕 했다.

할아버지는 벌 밥 주는 시간을 빼고는 삼일장을 치르는 내내 병원에서 살다시피 했다. 할머니도 마찬가지였다. 그래도 잠은 집에 와서 잤다. 전에는 집에서 장례를 치르느라 힘들었는데 요즘은 병원에서 다 해주니 세상 참 편해졌다고 했다.

아빠 엄마도 연락을 받고 내려왔다. 그런데 따로따로 왔다. 아빠가 먼저 내려와서 집에 있다가 엄마 전화를 받고 병원 장례식장 앞에서 만나 같이 들어갔다. 아직까지는 부부이니 괜한 일로 사람들 입방아에 오르내리지 말자고 아빠가 엄마에게 전화로 얘기하는 걸 들었다.

엄마는 아주 오랜만에 시골에 내려와서는 문상만 하고 할아버지 집에는 들리지도 않고 바쁜 일이 있다면서 곧장 서울로 올라갔다. 나는 엄마와 좀 더 같이 있고 싶었으나 엄마는 내 손에 돈 삼만 원만 쥐어주고는 바람처럼 사라졌다. 할머니는 저 저 못된 것, 하며 혀를 끌끌 찼다.

엄마가 가버리자 아빠도 장례식장에 있기가 심드렁한지 집에 가있겠다면서 나왔다. 나도 아빠를 따라 집으로 왔다.

집으로 온 아빠는 바크 집 앞에서 담배를 한 대 붙여 물었다.

"준석아, 할아버지가 아직도 바크 찾아다니나?"

아빠가 바크 집 지붕에 붙어있는 개 찾는 전단지를 물끄러미 바라보며 말했다. 할아버지는 범인은 반드시 범행 장소에 다시 나타난다면서 전단지를 개 집 지붕에 붙여놓았다. 범인이 전단지를 보고 주인의 애타는 심정을 알아야 한다는 것이었다.

"응, 아직도."

"나 참, 그깟 개가 뭐라고."

아빠가 개 집 앞에 침을 퉤 뱉었다. 할아버지는 아빠가 마당에 침 뱉는 걸 제일 싫어한다.

"아까 장례식장에서 개장사하는 아빠 친구를 만났는데 새끼 한 마리 가져오라고 할까?"

웬일로 아빠가 할아버지 걱정을 다 한다.

"할아버지는 바크가 아니면 안돼요."

"노인네도 참, 바크는 물 건너갔으니 할아버지보고 포기하시라고 해."

아빠는 뭔가 알고 있는 사람처럼 담배꽁초를 마당에 휙 던지고는 현관문을 열고 들어갔다.

큰할아버지는 동네 선산에 묻히기로 했다. 나는 태어나서 사람이 죽는 것도 처음 보았고 장례를 치르는 것도 처음이어서 신기하고 재밌었다.

큰할아버지 운구차가 동네 공터에 도착했다. 장지로 가기 전에 노제를 지내기 위해 동네 공터에 잠시 머무르는 거라고 했다.

동네 아줌마들이 제사를 지내기 위해 상을 차렸다. 막 아이고 아이고 곡을 하려는데 갑자기 후드득 하고 비가 쏟아졌다. 빗소리에 곡소리는 그만 아우성으로 바뀌었다.

흩어져 있던 장례 일행이 나무 아래로 모여들었다. 노제를 지내려는 데가 느티나무 밑이라 그나마 다행이었다. 아빠는 버스로 뛰어올라가고 있었다. "마른하늘에 웬 날벼락이람." 사람들이 저마다 한마디씩 했다. 큰할아버지가 심술을 부리는 거라고 말하는 사람도 있었다.

"아무래도 우산이 몇 개 있어야겠어요. 준석아 너 집에 뛰어가서 우산 좀 가져와."

만만한 게 난지 큰할아버지네 큰딸 경자 고모가 내게 심부름을 시켰다. 내가 제일 어리니 그랬을 거라고 이해하고 넘어가기로 했다. 다행이 집은 멀지 않았다.

나는 들판을 가로질러 뛰었다. 길 하나를 꺾어 도니 저만치 집이 보였다. 나는 있는 힘껏 뛰었다. 그러다가 집 근처쯤 와서 황당한 장면에 그만 그 자리에 우뚝 서버리고 말았다. 생전 못 보던 남자 두 명이 집 앞에 세워둔 경자 고모 차에 들러붙어 유리를 깨고 있었다. 내 몸이 순간 얼어붙었다. 주위를 둘러보았으나 허허벌판 뿐 아무도 없었다. 그러니 소리를 지를 수도 없었다. 낯선 남자들은 나를 보고도 도망가지 않고 하던 짓을 계속했다. 대신 모자를 더 깊숙이 눌러 썼다. 나 정도는 문제 되지 않는다고 생각한 모양이었다. 나는 왔던 길을 되돌아 뛸 수밖에 없었다. 빗줄기는 한층 더 거세졌다. 그 사이 느티나무 아래 제상은 완전히 거두어지고 없었다. 나는 떨리는 소리로 "강도야!" 하고 외쳤다. 큰집 작은삼촌이 무슨 일이냐며 다가왔다. 나는 다시 한 번 떠듬거렸다.

"웬 놈들이 경자 고모 차를 박살내고 있어요."

큰삼촌이 달려오며 또 무슨 일이냐고 물었다. 나는 다시 한 번 말했다.

"나쁜 놈들이 경자 고모 차 유리를 깨고 있어요."

경자 고모 남편인 큰고모부가 내 말을 다 듣기도 전에 집을 향해 뛰었다. 그 뒤를 큰삼촌과 작은삼촌이, 그리고 그 뒤를 경자 고모와 내가, 그리고 그 뒤를 또 누가 달렸다.

그러나 때는 이미 늦었다. 나쁜 놈들은 이미 자동차에서 검은색 가방 두 개를 꺼내어 저만치 달아나고 있었다. "어 어 도둑이야!" 큰고모부가 외쳤으나 나쁜 놈들은 벌써 자기네 포터 차에 올라타고 있었다. 그리고 빗속을 뚫고 사라져갔다.

큰고모부가 파랗게 질린 얼굴로 바닥에 털썩 주저앉았다.

"조 조의금을…… 저놈들이 조의금을 몽땅…….."

큰고모부는 말을 잇지 못했다.

사람들이 모두 큰고모부를 쳐다보았다. 흙탕물이 상복에 배어드는 건 신경도 쓰지 않았다.

경자 고모가 달려들어 다시 물었다.

"조의금, 조의금이라고? 그럼 저놈들이 들고 뛴 게 조의금이란 말이야?"

큰고모부의 고개가 힘없이 아래로 툭 떨어졌다.

"아이고, 아이고야…….."

경자 고모도 바닥에 털썩 주저앉았다. 운구차 앞에서 나야할 곡소리가 엉뚱한 데서 나고 있었다.

"놈들이 분향실 복도에서 얼쩡거릴 때부터 알아봤어야 했는데."

"설마 그놈들이 조의금을 노린 도둑일 거라고 누가 상상이나 했나?"

"그러니까 저놈들이 장례식장에서부터 우릴 쫓아왔던 거구먼."

모두 한 마디씩 했다.

그새 빗줄기가 가늘어지고 우산이 필요 없어도 될 만

큼 소나기는 잦아들었다. 역시 지나가는 비였다고 누가 말했다. 그런데 지금은 비 얘기나 하고 있을 때가 아니었다. 눈앞에서 도둑을 보고도 고스란히 당했으니 무슨 말이 필요하랴. 큰고모부는 금방이라도 울 것 같은 침통한 얼굴로 '어떻게 해, 어떻게 해'만 했다.

"다 재수가 없어서 당한 일이니 너무 맘 쓰지 말게."

큰삼촌이 어른답게 말했다. 그러나 속으로는 큰고모부 잘못이라고 생각하는 같았다. 큰고모부가 조의금을 맡았기 때문이다.

"참 나, 이런 일은 뉴스에서나 봤지 이 꼴난 시골에 이런 일이 있을 줄이야 누가 알았나."

작은삼촌이 하늘을 쳐다보며 말했다.

조의금 액수는 컸다. 큰할아버지가 워낙 이 마을의 터줏대감인데다가 큰삼촌이 서울에 있는 회사 사장님이기 때문에 조의금이 많이 들어왔다. 수표도 꽤 많았다고 했다.

"아, 맞다. 경찰에 신고해야지. 왜 그 생각을 못했지?"

경자 고모가 전화기를 꺼내들었다.

"돈 들고 튄 놈들을 무슨 수로 잡냐고?"

큰고모부가 울며 말했다.

"그렇다고 이대로 당할 순 없잖아. 경찰서가 몇 번이지? 114에 물어봐야 하나?"

그때 내가 말했다.

"고모, 범죄 신고는 112에요."

경자 고모가 참 그렇지, 하며 전화기를 들고 번호를 꾹꾹 눌렀다.

경자 고모가 전화를 하는 동안 작은삼촌도 어딘가로 전화를 걸었다. 아는 사람들을 동원하려는지 나쁜 놈들이 타고 내뺀 푸른 색 포터 차량에 대해 얘기하며 어디어디로 나가보라고 지시하고 있었다. 작은삼촌은 인간성이 좋아 아는 사람이 많았다.

소나기가 물러가고 다시 햇볕은 쨍쨍 모래알은 반짝 하고 개였다. 큰삼촌이 도둑은 일단 경찰에게 맡기고 장례나 마저 치르자며 노제를 지내려던 마을 공터로 앞장섰다. 그 뒤를 사람들이 뒤따르자 주저앉아있던 큰고모부와 경자 고모도 일어나 터벅터벅 따라갔다. 느티나무 밑에 다시 노제상이 차려졌다. 그리고 아이고 소리와 함께 막 노제를 지내려는데 저쪽에서 경찰차 한 대가 와서 멎었다.

"신고 받고 왔습니다."

경찰이 차에서 내리며 말했다.

작은삼촌이 다가갔다.

"피해액이 얼마죠?"

"대략 1억 정도 됩니다."

큰고모부가 달려와서 대답했다.

"뭐요? 이 사람들이 누굴 놀리나, 이런 시골 바닥에 무슨 조의금이 1억이나 된단 말이요?"

경찰이 어이없다는 듯 말했다. 그러자 작은삼촌이 나서며 대들었다.

"당신이 경찰이면 경찰이지 우리 집안을 어떻게 보고 그러는 거요."

"아 됐고, 범인의 인상착의나 말해보시오."

사람들이 본 대로 그놈들의 옷차림새와 타고 간 차에 대해 서로 앞 다투어 얘기했다.

다 듣고 난 경찰은 그것만 가지고는 범인을 잡는 일이 쉽지 않을 거라고 했다. 옷이야 놈들이 치밀하다면 이미 준비된 다른 옷으로 갈아입었을 테고 푸른 색 포터 차량이야 길거리에 널렸는데 차량번호도 모르면서 어찌 찾느냐는 거였다. 그러면서 조의금을 왜 그렇게 허술하게 보관했

냐며 야단까지 쳤다. 듣고만 있던 큰고모부가 부아가 치미는지 경찰에게 대들었다.

"도둑을 그렇게 쉽게 잡을 것 같으면 내가 잡지 뭣 하러 바쁘신 경찰님들을 불렀겠소. 당신들 대체 밥 먹고 하는 일이 뭐요?"

경찰이 그만 알았다며 얼른 자리를 떴다.

경찰이 가자, 맏상제인 큰삼촌이 다시 노제를 시작하자며 사람들을 불러 모았다. 여기저기 흩어져있던 사람들이 다시 하나둘 느티나무 아래로 모여들었다. 그런데 큰할머니가 앉은 자리에서 꼼짝을 안했다. 경자 고모가 모셔오려고 해도 꿈쩍도 안했다. 그러더니 큰할머니의 입에서 깊은 한숨 같은 말이 흘러나왔다.

"이놈의 영감, 살아서 하루도 바람 잘날 없더니 죽어서까지 이 모양이네. 아이고 내 팔자야."

노제는 큰할머니 없이 그냥 지냈다. '아이고 아이고' 하는 곡소리가 마을 공터에 울려 퍼졌다. 큰할머니는 단단히 마음이 상했는지 제상 쪽으로는 눈길도 두지 않았다.

그때 버스에서 영민이 형이 내렸다. 영민이 형은 경자 고모의 아들로 서울에서 재수 학원을 다니고 있다. 버스에서 내내 잤는지 머리 한쪽이 눌려 있었다. 경자 고모가 그런 영민이 형을 쥐어박을 듯 주먹을 쥐고 노려보았다.

"에이씨 엄마는. 지난밤에 시끄러워서 한 잠도 못 잤단 말야."

"너만 못 잤나. 여기 있는 사람들 다 못 잤어. 젊디젊은 게 잠 좀 못 잤다고 그걸 가지고."

영민이 형은 버스에서 자느라 좀 전에 일어난 도둑 사건을 새카맣게 모르고 있었다. 하기야 영민이 형이 안다고 해서 뭐 달라질 것도 없지만.

큰삼촌이 노제 장소에서 너무 오래 있었다며 얼른 장지로 출발하자고 했다. 장지는 집에서 그리 멀지 않았다. 차가 이동하는 동안에도 작은삼촌은 내내 전화기를 붙들고 살았다. 조의금 도둑 때문인 것 같았다. 그러나 뭐가 잘 안 됐는지 표정이 떨떠름했다. 조의금 담당이었던 큰고모부도 계속 죽을상이었다. 모르는 사람이 보면 큰할아버지의 죽음을 엄청 슬퍼하는 것처럼 보였다.

탈도 많았던 큰할아버지의 관은 잘 다져진 흙속에 고이고이 묻혔다. 며칠 전까지만 해도 살아 움직이던 사람이 땅에 묻히는 걸 보니 정말 슬펐다. 조금 전까지 차 안에서 편육을 김치에 싸서 맛있게 먹던 사람들도 큰할아버지가 땅에 묻히자 장갑 낀 손으로 눈물을 찍었다. 죽음이란 이렇게 대단히 슬픈 것이구나. 금방 같이 있던 사람을 영원히 못 보게 되는 거니까.

큰할아버지의 무덤이 아담하게 다듬어졌다. 내내 부어 있던 큰할머니가 무덤을 가만히 쓰다듬었다. 사람들도 쉽게 자리를 뜨지 못했다. 아마도 큰할아버지가 외롭다고 사람들을 놓아주지 않는 거라고 할머니가 말했다.

그때 영민이 형이 서울 가는 버스 시간이 다 되어 가봐야 한다며 나섰다. 경자 고모가 자기 차가 망가져서 운전할 수 없다며 우리 고모보고 터미널까지만 좀 태워다주라고 했다.

"우리 차가 망가져요? 왜요? 아침에도 괜찮았는데."

영민이 형이 놀라며 물었다.

"에이그 이놈아."

경자 고모가 영민이 형을 한 대 쥐어박으며 도둑놈들이 차 유리창을 박살내고 돈 가방 두 개를 들고 달아난 얘기를 해주었다.

"뭐라고요? 놈들이 엄마 차에 있는 가방을 들고튀었다

고요? 그거 내 가방인데!"

"뭐? 니 가방이라고?"

큰고모부가 놀라며 물었다.

"예. 제 가방요. 서울 가려고 미리 차에 가져다 놨었다고요."

"그럼 조의금 가방은? 그것도 차에 있었는데."

"아, 그거요? 그건 트렁크로 옮겨놨죠. 제가 가방을 넣어둘 때 뭔 가방이 있길래 열어보니 돈 봉투가 가득 든 조의금 가방이더라고요. 차 안에 보이게 두면 좀 위험하겠다 싶어서 트렁크로 옮겨놨죠."

"뭐?"

사람들의 눈이 동시에 휘둥그레 커지며 누가 먼저랄 것도 없이 자동차가 있는 곳을 향해 냅다 뛰기 시작했다.

집에 도착한 경자 고모가 서둘러 트렁크를 열었다. 영민이 형 말 대로 트렁크엔 검은 색 가방 두 개가 얌전히 놓여 있었다.

와! 경자 고모와 큰고모부가 서로 껴안고 소리를 질러댔다. 주위에 있던 사람들도 덩달아 기뻐 날뛰었다.

"우리 영민이가 일등공신이네."

경자 고모가 영민이 형을 끌어안았다.

"그래서 사람은 큰물에서 공부를 시켜야 하는 기야."

큰할머니가 대견한 듯 말했다. 영민이 형의 공은 인정하지만 서울대학도 아니고 서울에 있는 대학을 못가서 4년째 입시학원을 다니고 있는 형에게 할 소리는 아니었다.

"아이, 제 가방은 어떡해요? 그 안에 중요한 게 들었단 말이에요."

영민이 형은 거의 울상이었다.

"임마, 지금 그딴 게 대수냐? 그 안에 든 돈이 얼만 줄이나 아나?"

사람들은 잃어버린 영민이 형 가방쯤은 문제도 아니라는 투로 말했다.

"형님이 돈 가방을 지키려고 영민이를 시켜 트렁크로 옮겨놓게 했구먼."

할아버지가 눈물을 찍어내며 말했다.

"그 영감 참, 살아서 구두쇠 소릴 듣더니 죽어서도 자기 재산은 철저히 지키는구먼."

큰할머니가 칭찬인지 욕인지 모를 소리를 했다.

"그나저나 그놈들이 걱정이네. 냄새 나는 머스마 가방

을 돈 가방인 줄 알고 튄 그놈들 말야. 지금쯤 얼마나 똥 씹은 표정을 하고 있을까?"

큰고모부 말에 모두들 와르르 웃어젖혔다.

돈 가방을 찾는 바람에 상갓집은 잔칫집으로 바뀌었다. 아무리 슬픈 표정을 지으려고 해도 입 밖으로 웃음이 실실 배어나왔다. 상갓집에 저녁을 얻어먹으러 왔던 동네 사람들도 얘기를 듣고는 모두 기뻐했다. 소나기가 지나간 여름 밤이 맑고 시원했다.

며칠 후 경찰서에서 전화가 왔다. 동네 야산에서 검은색 가방 두 개가 발견되었는데 경자 고모네 가방이 아니냐면서 와서 확인해보라는 것이었다. 경자 고모가 급히 경찰서로 갔다. 가방은 군데군데 흙이 묻어 지저분했으나 영민이 형 가방이 맞았다. 경자 고모가 가방을 열어보았다. 가방 안에는 축구화와 티셔츠, 책 등등과 양담배가 들어있었다.

"이 놈이 양담배를?"

경자 고모가 눈을 부릅떴다.

"잃어버린 가방이 맞습니까?"

경찰이 다시 물었다.

"네. 그런 것 같네요."

"그런데 돈 봉투가 들었다던 가방에 웬 이런 소지품들이…… 그놈들이 돈만 빼가고 소지품 가방은 인근 야산에 버린 거군요. 나쁜 놈들."

"예, 맞아요. 놈들에게 필요한 건 돈이지 이따위 허접한 물건들이 아닐 테니까요."

경자 고모는 장례식 날 경찰에게 대들며 난리를 쳤던 게 창피해서 돈 가방을 찾았다는 말을 하지 못했다.

"안됐지만 돈은 포기하셔야겠습니다. 돈만 갖고 튄 놈들을 어디 가서 잡겠습니까?"

"예. 그러지요. 경찰관님들, 그동안 고생 많았습니다."

경자 고모가 흙 묻은 가방을 들고 경찰서를 나왔다.

18

  요즘 고모가 좀 이상하다. 전에는 눈만 뜨면 화장하고 요란하게 차려입고 어딜 가더니 요즘은 웬일인지 집에만 있다. 그것도 자기 방에만 콕 처박혀서 웬만해서는 나오지도 않는다. 고모는 덥지도 않나. 할머니는 나가서 돌아다녀야 남자도 만나고 시집도 가는데 저렇게 집에만 있으니 엉덩이만 커지고 누가 데려가겠냐면서 이래저래 구박이었다. 할아버지는 웬일로 저렇게 소죽은 귀신처럼 방에만 있냐고 빈정대면서도 고모의 헤픈 성격을 아는지라 차라리 집에 있는 걸 반기는 눈치였다. 나는 고모를 보고 있으면 왜 저렇게 밖에 못살지? 하는 생각이 들 때가 많았다. 고모에게 남은 건 결혼 밖에 없어 보였다. 고모는 하루하루를 남자 만나는 일로 보냈다. 그것도 결혼할 남자라면 괜찮겠는데 고모가 만나고 다니는 남자들은 이미 결혼한 철물점 김 씨 아저씨거나 또는 절대로 할아버지가 허락할 것 같지 않은 갈색면의 다방에 죽치고 앉아 담배나 축내는 그런 백수건달이 대부분이어서 나는 대체 고모가 무슨 생각을 하며 사는지 궁금할 때가 많았다. 사람이란 자고로 꿈을 향해 나아가야 하는데 고모는 꿈이 없어 보였다. 고모의 꿈이라면 돈 많은 남자를 만나는 건데 예쁘지도 젊지도 않은 고모가 무슨 수로 돈 많은 남자를 만나겠는가. 설사 운이 좋아 돈 많은 남자를 만났다 해도 그게 꿈인 사람은 왠지 행복해 보이지 않았다. 나는 내 힘으로 내가 노력해서 하나하나 꿈을 이뤄 가고 싶었다. 나는 어른이 되면 절대로 고모처럼 살지는 말아야겠다고 마음속 깊이 다짐했다. 비슷한 처지이긴 해도 서울 누나는 좀 달라 보였다. 고모와 나이도 비슷하고 고모처럼 결혼도 하지 않았지만 남자에게 기대어 살 생각은 안 하는 것 같다. 서울 누나가나 작가님을 만나는 것도 바람직하다고는 볼 수 없으나 그 사람들은 자기의 꿈을 키워가면서 만나는 거라서 고모처럼 싼티가 나지 않았다. 내가 수영이를 만나는 것처럼 말이다. 나는 고모가 서울 누나와 친하게 지내면서 서울 누나처럼 살았으면 좋겠다는 생각을 종종 했으나 고모는 서울 누나가 이사 오던 날 한번 보고는 더 이상 만나지 않았다. 사람은 나이가 같고 처지가 비슷한 것만 가지고는 친구가 될 수 없는가 보았다.

내내 자기 방에만 처박혀 있던 고모가 목이 마른지 물을 마시러 주방으로 나왔다. 고모는 냉동실에서 얼음을 꺼내어 대접에 확 붓더니 손으로 얼음을 한 움큼 집어 얼굴에 대고 문질렀다.

"저 화상 저건 또 먼 짓이냐."

고모가 하는 짓을 돋보기 너머로 물끄러미 바라보던 할머니가 한 소리 했다. 고모가 날카로워져있을 땐 건드리지 않는 게 상책인데 할머니는 그게 안 되는 사람이었다. 고모는 할머니가 뭐라고 하거나 말거나 하던 짓을 계속했다.

"저 저 저년, 시집 못간 게 무슨 벼슬이라고."

잘 참는가 싶더니 고모가 얼음 대접을 씽크대에 확 패대기치고는 다시 자기 방으로 들어갔다. 그러더니 금방 나와서는 현관문을 열고 밖으로 나가버렸다.

"그럼 그렇지. 요 며칠 웬일로 방구석 귀신인가 했네."

할머니가 돋보기 위로 치뜬 눈을 다시 내리깔고는 보던 광고지를 계속 보았다. 광고지에는 의류 폭탄 세일이라는 글자가 대문짝만하게 인쇄되어 있었다. 나는 멀리서도 다 보이는데 할머니는 가까이에서도 안 보이는지 그 큰 글자를 안경을 쓰고 보았다. 눈이 저렇게 나쁜데 밥하고 반찬 만들 때에는 어떻게 안경을 안 쓰고도 그렇게 척척 잘 만들어내는지 신기했다. 할머니는 할아버지 밥 차리는 일과는 별 상관도 없는 의류 광고를 꽤나 오랫동안 들여다보고 있다.

나는 고모가 없는 틈을 타서 컴퓨터를 하기 위해 고모 방으로 들어갔다. 전에는 고모가 집에 잘 없어서 내 맘대로 컴퓨터를 할 수 있었는데 요 며칠 고모가 집에 있는 바람에 컴퓨터를 못해서 답답해서 죽을 맛이었다.

고모는 방금 전까지 인터넷을 했는지 컴퓨터가 켜져 있었다. 성질이 나서 나가는 바람에 끄는 걸 잊어버렸나 보았다. 나는 내 아이디로 로그인을 다시 하려다가 문득 고모의 메일을 훔쳐보고 싶은 호기심이 생겨 고모 메일에 마우스를 갖다 대고 딸깍했다. 나쁜 짓이라서 그런지 손이 떨렸다. 스팸 메일이 대부분이고 군데군데 백사자라는 아이디로 보낸 사적인 메일이 눈에 띄었다. 척 보기에도 남자라는 느낌이 들었다. 나는 가장 최근에 온 '미안하데이'라는 제목의 메일을 열어보았다. 남자가 보낸 메일이라서 사랑이 담긴 달콤한 편지일 거라 생각했는데 내용은 좀 뜻밖이었다. 내용은 이랬다. '니 연락 받고 사실 좀 많이 놀랐다. 어쩌다가 이런 일이 생겼는지 모르겠다. 지금까지 실수 없이 잘 해왔는데. 그러나 내 처지가 이 상황을 받아들일 수 없다는 걸 너도 잘 알고 있으리라 믿는다. 병원비는 내가 부쳐줄게. 그리고 우리 다시는 만나는 일 없었으면 좋겠다. 그게 널 위한 거라고 생각했기 때문이야. 미안하데이.' 메일은 이렇게 끝났는데 내용이 좀 아리송해서 나는 한참을 들여다보았다. 이제 고모와 헤어지자는 얘기 같은데 고모가 어디가 아픈가. 그래서 헤어질 생각을 했나. 그런데 병원비를 왜 그 남자가 보내주겠다는 건지 좀 의아했다. 나는 보낸 편지함으로 들어가 보았다. 백사자가 보낸 편지는 답장이어서 고모가 보낸 편지를 보면 좀 더 자세히 알 수 있을 것 같았다. 나는 제일 위에 있는 '어쩌지요?'라는 제목으로 얼른 들어가 보았다. 점장님 큰일 났어요.로 시작된 편지는 길게 이어졌다. 편지 내용은, 이 일은 점장님도 알아야 한다. 병원에 가봤더니 4주 되었다고 한다. 우리 아버지가 알면 나는 살아남지 못한다. 뭐 이런 내용이었는데 나는 이제야 알 것 같았다. 고모가 임신을 한 것이다. 나는 이런 얘기를 TV에서 많이 보았다. 드라마 같은 데 보면 결혼한 남자가 바람을 피워 처녀가 아이를 가졌다면서 울면서 이런 얘기를 하는 것을 많이 보았다. 고모가 딱 그짝이었다. 그런 드라마는 19금이라서 내 친구들은 잘 안 보는데 나는 엄마가 이런 드라마를 워낙 즐겨보기 때문에 옆에서 많이 보았다. 고모가 며칠 동안 죽을상을 하고 방에 콕 처박혀 있었던 게 이제야 이해가 갔다. 고모가 유부남인 점장이랑 사귀는 걸 알고 할아버지가 집으로 끌어내렸는데 고모는 헤어지지 못하고 아직도 만나고 있었나보았다. 이제 고모는 어떻게 되는 거지? 아빠가 없는 아이를 낳아 비극의 여주인공으로 살아야 하나? 아니면 드라마에서처럼 산부인과를 찾아가서 몰래 지워야 하나? 고모의 유일한 꿈은 돈 많은 남자를 만나는 건데 그냥 얌전히 있어도 만나기 어려운데 고모가 다른 남자의 아이까지 뱄으니 왠지 고모의 꿈은 자꾸만 멀어지고 있다는 느낌이 들었다. 그나저나 할아버지가 알면 정말 큰일이다. 나는 고모보다도 할아버지가 더 걱정되었다. 일단 이 일은 할아버지가 모르게 하는 게 우선이라는 생각이 들었다. 할머니에게는 말해야 하나. 그래도 고모에게는 엄마 아닌가. 에이, 고모가 알아서 하겠지. 그때 다시 쾅 하고 현관문 소리가 났다. 나는 놀라서 얼른 컴퓨터 창을 닫았다. 할아버지였다. 다른 편지도 더 보고 싶었는데 컴퓨터 창을 닫아버려서 못내 아쉬웠다.

19

늦은 저녁, 전화가 한 통 걸려왔다. 할머니는 저녁상을 치운 후에 TV를 보며 졸고 있었고 할아버지는 필원이 아저씨네 집에 놀러가려고 막 나가려던 참이었다. 전화벨 소리에 할머니는 벌떡 일어났고 할아버지는 신발을 신으려다가 멈춰 섰다.

"여보세요."

내가 전화를 받았다.

"집에 어른 안 계시니?"

"계세요."

"어른 좀 바꿔봐."

나는 할머니와 할아버지를 번갈아 보다가 할아버지에

게 수화기를 내밀었다.

"왜?"

할아버지가 노려보며 물었다.

"어른 바꾸래요."

"무슨 전환데 그래?"

할아버지가 다시 거실로 들어서며 수화기를 받아들었다.

"여보세요."

할아버지는 무뚝뚝하게 받았다.

"그렇소. 우리가 개를 잃어버렸소만, 당신 누구요?"

누가 또 바크 일로 전화를 걸어온 모양이다. 그러나 이
제 할아버지는 놀라지 않는다. 전단지 배포 후 이런 일은
자주 있었다.

"그래요? 연두시에 있는 유기견 보호센타란 말이요?"

연두시는 보라시 옆에 있는 작은 도시다.

"근데 정확한 거요? 내 이런 전화를 하도 많이 받아서."

미심쩍어하면서도 할아버지의 목소리는 가늘게 떨렸다.

"알았소. 우선 보내보시오. 보고나서 얘기합시다."

그리고 전화는 끊어졌다.

"유기견 보호센타라니 그기 먼 말이래요?"

전화를 끊자마자 할머니가 대뜸 물었다.

"거기에 우리 바크가 있나네. 유기견 보호센타 직원이 오늘 보라시에 갔다가 전단지를 봤나봐. 자기네가 데리고 있는 개가 전단지 사진과 같은 것 같다고 전화를 걸어왔구면."

"근데 보내보라니, 뭘 보내보라는 거요?"

"내가 못 미더워하니까 먼저 핸드폰 사진으로 찍어 보낼 테니 확인해보라는구면."

할아버지는 필원이 아저씨네 집으로 가려던 걸 아예 접고 거실 바닥에 털썩 주저앉아 핸드폰을 손에 꼭 감아쥐었다. 그러자 잠시 후 할아버지 핸드폰으로 문자가 왔다. 할아버지와 할머니와 나는 떨리는 마음으로 핸드폰 문자를 열어보았다.

"맞네, 맞아. 우리 바크야."

할아버지가 보자마자 소리를 질렀다. 옆모습을 찍어 보내서 나는 잘 모르겠는데 할아버지는 대번에 알아봤다.

"맞네, 맞아요. 근데 이놈이 어쩌다가 거까지 갔대요?"

사진을 찬찬히 훑어본 할머니는 어느새 눈물까지 흘리고 있었다.

"웬 소란이야?"

방에 있던 고모가 나오며 물었다.

"고모, 바크를 찾았어."

"머? 바크를 찾아? 그게 정말이야?"

웬만한 집안일엔 관심이 없는 고모도 바크를 찾았다는 말에는 펄쩍 뛰었다.

"내 이럴 게 아니라 당장 가봐야겠어."

할아버지가 유기견 보호센터로 전화를 걸었다.

"우리 개가 맞아요. 거기가 어디요? 당장 가겠소."

할아버지는 흥분을 감추지 못했다.

"아니오, 당장 가겠소. 위치만 말해줘요."

저쪽에서 내일 오라는데 할아버지는 당장 가겠다고 우기고 있었다.

"알겠소. 절차를 밟아야 한다니 할 수 없구먼."

할아버지는 하는 수 없이 전화를 끊었다.

"내 개 내가 찾아오겠다는데 절차는 무슨."

그래놓고도 할아버지는 믿기지 않는지 계속 전화기를 열어 바크만 보고 또 보았다. 할아버지는 필원이 아저씨와 나 작가님에게도 전화를 걸었다.

"이보게, 우리 바크를 찾았네. 몰라, 낼 가봐야지. 응, 응, 응."

나는 한 번도 할아버지가 이렇게 좋아하는 걸 본 적이 없었다. 모르는 사람이 보면 죽었던 자식이 살아 돌아왔나 할 것이다.

날이 밝자마자 할아버지는 연두시에 가겠다고 차비를 하고 나섰다.

"너무 일러요. 그 사람들 아직 출근도 안했을 텐데."

새벽 댓바람에 나가려는 할아버지를 할머니가 억지로 붙잡아 앉혔다.

할아버지는 개집을 새로 손보았다. 흔들리는 지붕은 못으로 다시 박아 단단히 고정하고 개밥그릇도 씻어 깨끗하게 해놓았다.

아침은 고등어구이와 미역국으로 먹었다. 할머니는 아무 생각 없이 만든 미역국이었는데 고모가 오늘 바크가 다시 살아온 날이니 바크의 생일로 하자고 해서 우리 모두 그렇게 하기로 했다. 고모도 때로 쓸모가 있다. 고모는 지금 얼마나 불안하겠는가. 나는 고모의 배를 몰래 훔쳐보았다. 저 안에 아기가 있다니. 신기하면서도 겁이 났다. 고모는 아기를 어쩔 생각인지 모르겠다.

아침을 다 먹은 할아버지가 바크를 찾으러 간다고 나서자 할머니도 고모도 같이 가겠다고 따라 나섰다.

"좋아. 기분이다. 모두 가자."

할아버지와 고모가 앞에 타고 할머니와 나는 뒤에 탔다. 바크 덕분에 모처럼 가족 여행이 되었다. 생각해보니 우리 네 식구가 함께 어디로 간 적은 한 번도 없었다. 할아버지가 가자고 하면 할머니가 귀찮다고 주저앉았고 할머니가 따라나서면 또 고모가 요리조리 빼며 빠져나갔다.

"올핸 벼가 참 실하네. 풍년 들겠어."

할머니가 차창 밖으로 푸릇푸릇하게 자란 벼들을 내다보며 말했다.

그때 영구 아저씨가 트랙터를 몰고 가다가 할아버지를 보고 인사했다. 할아버지도 한 손을 들어 알은 채를 해주었다.

"저사람 참, 이 더운 날씨에도 쉬는 법이 없어."

할아버지가 영구 아저씨를 칭찬했다. 나는 문득 영구 아저씨가 좋아한다는 그 기사 아줌마와는 어떻게 되었는지 궁금했다. 나 작가님은 알고 있을 것 같아서 전에 한 번 물어본 적이 있었는데 어린놈이 별 걸 다 알려고 한다고 한 대 쥐어 박힌 후론 다시 물어보지 못했다. 영구 아저씨가 이제는 그 버스투어를 하지 않는 걸 보니 잘 안되었나 보았다. 버스가 주황리를 지나가는 두시 사십분에 영구 아저씨는 늘 밭에 있었다. 영구 아저씨가 버스에 두고 내린 그 액세서리는 어디로 갔을까. 액세서리를 사지 않았더라면 영구 아저씨는 그 사랑을 이어갈 수 있었을 텐데 왠지 아쉽다는 생각이 들었다.

영구 아저씨가 지나가고 난 들판 사이로 구린내가 확 풍겨왔다.

"아이, 이놈의 냄새."

고모가 얼른 차 유리를 닫았다. 길가에 돼지 축사가 있어 이곳을 지날 때마다 냄새가 났다. 그 냄새가 얼마나 지독한지 문을 닫아도 났다.

"다 먹고살자고 하는 짓이니 냄새 난다고 뭐라 할 수도 없고."

"그래도 하루 이틀이어야 말이지. 이 길을 하루에 두서너 번도 더 드나드는데 맨날 이 냄새를 맡아야 하니."

"여름엔 특히 더 심하잖아요."

할아버지와 할머니와 고모가 모두 돌아가며 한 마디씩 했다. 냄새가 싫은 건 나도 마찬가지였지만 참았다. 이럴 때 시골이 좋은 것도 아니다. 서울이 좋은 점과 나쁜 점이 있듯이 시골도 좋은 게 있으면 나쁜 것도 있었다.

할아버지의 차가 냄새 나는 곳을 벗어나 연두시를 향해 달리기 시작했다. 연두시는 보라시 옆에 있는데도 나는 아직 한 번도 가보지 못했다. 연두시는 가볼 만한 좋은 곳이 많았으나 할아버지는 곧장 유기견 보호센터로 갔다. 나도 얼른 바크가 보고 싶었다.

유기견 보호센터는 시내에서도 한참 벗어난 곳에 있었다. 넓은 공터 같은 곳에 철창을 만들어 주인 없는 개들을 가두어두고 있었다. 우리가 도착하자 관리인인 듯한 남자가 맞아주었다.

"우리 바크, 아니 우리 개 어딨소?"

"아 예 이쪽으로 오세요."

관리인은 우리를 데리고 개들이 있는 철창으로 갔다. 나는 버려진 개들이 이렇게 많은지도 여기 와서 처음 알았다. 개들은 우리가 지나가자 눈을 말똥말똥 뜨고 쳐다보았다. 왠지 슬퍼보였다. 관리인 말에 의하면 사람들이 나타나기만 하면 자기를 데려가주지 않나 해서 쳐다보는 것이라고 했다. 지저분한 개들도 있었지만 어떤 개는 너무 예쁘고 귀여워서 어떻게 저런 개를 버렸을까 의아한 생각이 들게 하는 개들도 많았다.

"바로 이 갭니다. 확인해보세요."

관리인은 철창 앞에 우리를 세워놓고 한 발 물러났다. 할아버지를 본 바크가 나오고 싶어 발버둥을 쳤다.

"우리 개가 맞습니다. 맞아요. 어서 꺼내주세요."

할아버지가 감격스러운 듯 눈물을 흘렸다.

관리인이 다가와서 열쇠로 철창을 열자 바크가 나왔다. 우리 모두 바크를 껴안고 울었다.

"에그머니나, 마른 것 좀 봐. 얼마나 못 먹었으면."

"바크야 그동안 얼마나 고생이 많았니?"

바크도 반가운지 할머니와 내 볼을 번갈아가며 비볐다.

"대체 어떻게 된 거요. 왜 우리 개가 여기에 와 있는 거요?"

바크와 뜨거운 상봉을 마친 할아버지가 일어나 관리인에게 물었다.

"그건 저희가 묻고 싶은 말입니다. 이렇게 주인도 멀쩡히 있는데 어쩌다가 거리를 헤매게 되었는지."

"저희는 도둑맞았습니다. 훤한 대낮에요."

"그러셨군요. 아마도 누가 개잡는 데 팔아넘기려고 훔쳐간 것 같습니다."

"죽일 놈들. 어디 할 짓이 없어서."

할아버지가 분을 참지 못하고 씩씩거렸다.

"그런데 이 개는 어디서 발견하셨나요?"

"시내 대로변에서요. 데려온 지 한 20일 쯤 되었을 걸요. 저희도 연유는 모르지요. 그냥 길거리를 헤매고 있는 걸 데려온 거니까."

"어쨌든 정말 고맙습니다. 이렇게 잘 데리고 있어주셔서."

"저희도 고맙지요. 이렇게 주인이 와서 데려가주면 저희는 보람을 느끼거든요."

할아버지와 할머니는 인사를 세 번 네 번 거듭거듭 한 후 바크를 데리고 유기견 센터를 나왔다.

"개 잃어버리고 나니 자식 잃어버린 부모 심정이 이해가 가더구먼. 개 잃어버려도 이지경인데 자식 잃은 부모 심정은 어떨꼬?"

할머니가 바크를 끌어안으며 말했다.

"뒷골에 그 유씨 댁 있잖우. 오토바이 사고로 큰아들 그렇게 보내고 한동안 정신줄 놓았었잖아요. 당신도 오토비이 조심해요."

"아 왜 얘기가 그쪽으로 흐르나?"

할아버지가 버럭 화를 냈다. 할아버지에게도 오토바이 사고에 대한 끔찍한 기억이 있다.

"근데 말이에요. 참 이상하지 않아요? 왜 고깃집에 안 넘기고 풀어준 걸까요?"

고모가 다시 바크 얘기로 화제를 돌렸다.

"그러게 말이야. 바크 정도면 값도 톡톡히 쳐서 받을 수 있었을 텐데."

"풀어준 게 아니라 놓친 게지. 우리 바크가 좀 영민하나?"

그러나 누가 알겠는가. 그 비밀을 알고 있는 건 바크밖에 없으니.

바크야, 대체 너에게 무슨 일이 있었던 거니?

20

　바크가 돌아온 후 할아버지는 감시 감독을 더 철저히 했다. 개가 돌아온 걸 알고 또 훔쳐갈 수 있다는 것이다. 이번에 또 잃어버린다면 그때는 정말 찾기 어려워진다.

　그런데 바크가 좀 이상했다. 밥도 잘 안 먹고 기운이 없는지 잘 짖지도 않고 볼 때마다 꾸벅꾸벅 졸기가 일쑤였다. 할머니는 오랜 바깥생활로 기운이 떨어져서 그렇다며 나도 잘 안 사주던 돼지고기와 닭고기까지 사다가 먹였다. 고모는 여름이라서 사람이고 개고 다 늘어진다며 좀 지나면 괜찮아질 거라고 했다. 할아버지는 아무래도 걱정이 되는지 동물병원에 한 번 데려가 봐야겠다고 했다. 돌아다니다가 배가 고파서 아무 거나 잘못 먹고 병에 걸렸을 수도 있다는 것이다.

동물병원은 갈색면에 없어서 보라시내까지 차를 타고 갔다.

할아버지는 먼저 그간 바크에게 있었던 일을 수의사에게 얘기했다. 수의사는 고개를 끄덕이더니 진찰을 했다. 바크의 눈을 까뒤집어보기도 하고 목을 만져보기도 하고 청진기로 여기저기 대보더니 아주 뜻밖의 말을 했다.

"새끼를 뱄네요. 그것 말고는 아주 건강합니다."

"뭐요? 새끼를 가졌다고요?"

할아버지는 놀라서 눈을 휘둥그레 치떴다. 그 모습이 좋다는 건지 아님 그 반대인지 아직은 알 수 없었다. 할아버지는 바크를 한참 바라보다가 이렇게 물었다.

"종자는 뭐지요? 이놈에게 씨를 준 놈 말이요."

할아버지에겐 그게 중요했다. 할아버지는 오래 전부터 바크의 새끼를 갖고 싶어 했으나 바크의 혈통을 잇는 순수 토종 진돗개를 찾지 못해 오랜 세월 홀로 늙혀왔다. 가끔 바크가 좋은 개라는 걸 알고 동네에서 교접 신청이 들어온 적도 있었으나 할아버지는 단칼에 잘랐다. 그러다가 큰할아버지 집에 토종 진돗개가 온 걸 알고 거사를 치르려다가

이 지경까지 왔다.

"그것까진 저희도 알 수 없지요. 일단 낳아봐야…….."

할아버지에게서 혈통에 관한 의지가 워낙 완강해 보여 수의사는 제대로 말을 잇지 못했다.

"알겠소. 실례 많았수다."

동물병원을 나오는 할아버지의 걸음걸이에 힘이 하나도 없었다. 떠돌이 개의 새끼를 뱄으니 순수 토종은 꿈도 꾸지 못할 터였다. 똥개만 아니면 다행이었다. 똥개라 한들 어쩌겠는가. 진돗개가 아닐 바에는.

"어떤 놈인지 먼저 덤벼들었을 기야. 우리 바크가 그랬을 리가 없지. 암 우리 바크가 어떤 갠데."

할아버지는 끝까지 바크에 대한 믿음을 놓지 않았다. 나도 진돗개 새끼가 아닌 건 아쉬웠지만 새끼를 뱄다는 거 자체가 너무 신기해서 바크에게 더 잘해줘야겠다고 생각했다.

21

　여름방학이 끝나가고 있었다. 개학이 다가오니 방학 동안 공부도 안하고 놀기만 한 게 조금 후회가 되었다. 다른 친구들은 과외와 학원을 오가며 벌써 중학교 과정까지 공부해놓았을 텐데 나는 시골에서 아저씨들과 마실이나 다니며 놀았으니 말이다. 그렇지만 크게 걱정하지 않는다. 나는 인생에서 공부가 다가 아니라고 생각한다. 대통령과 장관이 있다면 방앗간 사장님이나 영구 아저씨 같은 사람도 있어야 세상이 굴러간다. 사람들은 대통령이 방앗간 사장님보다 낫다고 말하겠지만 나는 그렇게 생각하지 않는다. 누구나 주어진 자리에서 자기 일만 충실하게 하고 살면 그게 행복이라고 생각한다. 그래서 나는 서울에서 비싼 돈 주고 과외하는 친구들이 부럽지 않다. 나는 시골이 좋다.

"애비한테 전화 한번 넣어 봐요. 준석이 언제 와서 데려갈 건지."

할머니도 이제 나를 보낼 준비를 하는 것 같다.

"전화는 머할라고 해. 알아서 와서 데리고 가겠지."

할아버지는 아빠 얘기만 나오면 버럭쟁이가 된다.

"갸가 언제 알아서 하는 거 봤어요? 얘길 해줘야 알지."

결국 할머니가 수화기를 든다. 할머니는 몇 번이드라, 하다가 다시 수화기를 놓고 돋보기를 끼고 전화번호부 수첩을 뒤적거렸다.

"할머니, 나 혼자 갈 수 있어. 올 때도 혼자 왔는데 머."

나는 나 때문에 어른들이 싸우는 게 싫다. 나는 정말로 혼자 갈 수 있다.

"가만있어 봐. 갈 때 들고 갈 게 많아서 아무래도 애비가 내려와야 해."

할머니가 아빠더러 내려오라는 데는 다 이유가 있었다. 아마도 농사지은 것들을 이것저것 싸주시려나 보았다.

"애비나?"

아빠와 통화가 된 것 같았다.

"그래 어미는 잘 있고? 니는 여기 머 천리만리나 되나? 큰집 장례식에 삐죽 한번 다녀가곤 통 내려오지도 않고. 어미도 그렇지. 아 맡겨놓고 어째 그래 코빼기 한 번 안 내미나."

"뭘 자꾸 오라 가라 성화야. 안보고 살면 그뿐이지."

할머니가 전화하는 걸 듣고 있던 할아버지가 못마땅한 듯 휭하니 밖으로 나갔다.

"그래, 내려온다꼬? 내일? 그래 알았다 끊자."

할머니는 아빠에게서 내려온다는 얘길 얻어낸 모양이다. 전화를 끊는 할머니 얼굴이 활짝 펴진다.

"내 이러고 있을 때가 아니지."

할머니는 아빠 차에 실어 보낼 것들을 챙기러 밖으로 나갔다. 그런데 잠시 후 그냥 들어왔다. 호박 오이 가지 고추는 오늘 따놓으면 시들어서 못쓰니 올라가기 직전에 따서 보내야 한다고 했다. 그걸 모를 리 없으나 할머니는 아빠가 온다는 말을 듣는 순간부터 마음이 분주해지기 시작했다.

나는 내방으로 와서 짐을 챙겼다. 옷과 책은 괜히 많이 가져왔다. 시골에서는 옷과 책이 별로 필요 없었다. 나는 다 읽은 『잭과 콩나무』 영어판과 『삼국지』는 할머니 집에 두고 나머지 짐은 다시 배낭에 넣었다.

해가 지자 할아버지가 밭에 물을 주러 나갔다. 농작물들은 낮에 물을 주면 뿌리가 타서 상하기 때문에 새벽이나 밤에 줘야 한다고 했다. 할아버지는 새벽에 물을 줬었으나 아빠가 온다는 얘길 듣고 또 물을 주러 나갔다. 할아버지도 아빠를 생각하는 마음은 할머니와 별반 다르지 않아보였다. 아빠도 그걸 알았으면 좋겠다.

다음날 진짜로 아빠가 왔다. 나는 아빠가 안 올지도 모른다고 생각했다. 아빠는 온다고 했다가도 갑자기 일이 생겨서 못 오게 됐다는 말을 종종 했었다. 그래서 나는 혼자서 고속버스를 타고 갈 각오도 하고 있었다.

아빠의 차가 할아버지 집 마당으로 들어섰다. 할머니와 내가 마당으로 나갔다. 할아버지는 고추 밭에서 청량고추를 따고 있었다. 아빠는 매운 고추를 좋아한다.

"저 왔습니다."

아빠가 차에서 내리며 할아버지와 할머니에게 꾸벅 인사했다.

"그래 어서 오니라."

할머니는 아빠의 손을 넙석 잡았다. 할아버지는 고추밭에서 멀뚱히 아빠를 바라보았다.

아빠를 본 바크가 끄응 하더니 자기 집으로 쑥 들어갔다.

"아니, 이 개가 어떻게 여기에?"

아빠가 바크를 보고 놀라 눈이 휘둥그레졌다.

"하이고, 말도 마라. 이 개 때문에 고생한 거 생각하믄."

할머니가 물 한바가지를 퍼다가 바크의 물통에 부어주었다. 더위 때문에 축 늘어져 있던 바크가 물을 보자 다가와 혀를 날름거리며 먹었다.

할머니는 바가지를 수돗가에 툭 던져놓고 할아버지가 있는 고추밭으로 갔다.

"준석이 너 이리 와봐."

아빠가 나를 데리고 할아버지 할머니와 멀찍이 떨어진 곳으로 갔다.

"어떻게 된 거야? 저 개가 왜 여기 와 있지?"

"어떻게 되긴. 개 데리고 있던 사람이 연락해줘서 찾아왔지. 근데 아빠는 바크가 돌아온 게 안 반가워?"

"안 반갑긴. 하도 놀라워서 그렇지."

그때 할머니가 바구니 가득 고추를 안고 고추밭에서 나왔다.

"준석이 에미는 왜 같이 안 왔나?"

"바쁜가 봐요."

"바쁠 것도 많다. 지가 서방 수발을 들길 해 아를 돌보길 해. 그깟 화장품 팔아서 몇 푼이나 번다고."

"안 그래도 그것 때문에 할 얘기가 좀 있어요."

"무슨 할 얘기?"

"이따가 아버지하고 같이 있을 때 얘기 할게요."

아빠는 더운지 좀 씻어야겠다며 집 안으로 들어갔다.

할머니는 평상에 고추를 펼쳐놓고 좋은 것과 나쁜 것을 가려냈다. 좋은 건 아빠 갈 때 싸서 보내고 나쁜 건 할머니가 먹을 것이다.

나는 아이스크림이나 먹기 위해 현관문을 열고 들어갔다. 아빠는 아직 욕실로 가지 않고 부엌 쪽에서 핸드폰으로 통화를 하고 있었다. 그런데 전화 목소리가 평소와 좀 달랐다. 무뚝뚝한 게 좀 무섭게 느껴지기도 했다.

"오늘 밤은 실수 없이 해야 해. 지난번처럼 개 끌고 가다가 놓치기만 해봐. 열 시 이후가 좋겠어. 노인네들이 잠 들어야 하니까. 그럼 이따가 다시 통화하지."

나는 아빠가 보기 전에 얼른 현관문을 열고 나왔다. 나오는데 온 몸이 덜덜 떨려서 제대로 걸을 수가 없었다. 바크를 훔쳐간 게 아빠였다니. 바크는 식구나 마찬가진데. 할아버지가 바크를 얼마나 사랑하는데.

그런데 아빠는 오늘 밤 또 바크를 끌고 갈 계획을 세우고 있었다. 바크는 임신까지 했는데 새끼를 밴 몸으로 팔려간다면 어찌 되는가. 나는 하늘이 무너지는 것만 같았다. 그래, 할아버지한테 알려야 한다. 바크를 구하는 길은 할아버지한테 말하는 것뿐이다. 그런데 할아버지한테 말했다가는 아빠는 살아남지 못할 것이다. 안 그래도 할아버지가 아빠를 얼마나 미워하는데 바크를 아빠가 가져간 걸 알면, 그래서 한 달 동안 죽어라 고생한 걸 알면 아빠는 정말 할아버지 손에 남아나지 못할 것이다. 할아버지한테 말하는 건 좋은 방법이 아니다. 바크를 구하기 위해 아빠를 위험에 처하게 할 수는 없다. 할아버지한테 알리지 않고 바크를 구하는 방법을 생각해내야 한다. 밤 열 시가 되기 전에. 나는 아빠의 아들이니까.

아빠가 샤워를 마치고 머리를 털며 욕실에서 나왔다. 속으로는 그렇게 나쁜 마음을 먹고 있으면서 겉으로는 너무 태연해서 우리 아빠 같지 않았다. 나는 아빠를 이해하려고도 노력해보았다. 얼마나 돈이 없었으면 바크를 훔쳐다가 팔 생각을 했을까. 전에 아빠는 돈이 없어서 이틀 동안 컵라면만 먹은 적도 있었다고 했다. 바크를 팔면 당분간 밥은 배불리 먹을 수 있을 것이다. 그렇지만 바크는 안 된다.

아빠가 샤워를 하고 나오자 할머니가 냉장고에서 수박을 꺼내 썰었다. 그 사이 할아버지도 들어왔다. 아빠는 반바지 차림으로 우리 옆에 와서 앉았다.

"올해는 유독 더 더운 것 같네요."

아빠가 수박을 집어 들며 말했다.

"그래, 언제 올라가나?"

할머니는 아빠가 오면 언제나 그것부터 물었다.

"낼 가야지요."

"아이고 이제 우리 석이 못 봐서 섭섭해서 우짜노?"

할머니가 볼을 내 볼에 비비며 안타까워했다.

"저, 그것 때문에 할 얘기가 좀 있어요."

아빠가 먹던 수박을 내려놓으며 목소리를 깔았다.

"참 아까 할 얘기가 있다 했재? 그래 머나?"

할아버지와 할머니가 궁금해 하며 동시에 물었다.

"석이를 그냥 여기에 둬야 할 것 같아요."

"석이를? 학교는 어떡하고? 곧 개학인데?"

"그래서 제가 전학 신청을 해놨어요. 갈색면에 있는 초등학교로요."

"여게로? 왜서?"

"저, 그 사람하고 헤어졌어요."

"헤어지다니? 준석이 에미 말이나?"

"예."

"야가 지금 머라 하나? 헤어져? 이유가 뭔데?"

"갑자기 내린 결정 아니에요. 오래 전부터 문제가 많았어요."

"그래도 이혼은 안 돼. 더 살아봐."

할아버지가 딱 잘라 말했다.

"벌써 서류정리도 다 끝냈어요."

"그래서 석이를 니 맘대로 여기다 둔다고?"

"그 사람보고 키우려면 키우라고 했더니 싫대요."

"야가 야가 아 듣는데서."

할머니가 얼른 내 귀를 막았다.

"들으라 그러세요. 석이도 지 엄마가 어떤 사람인 줄 알아야 하니까."

"아빠라는 니 놈은 머 한 게 있어서."

할아버지가 드디어 언성을 높혔다.

"에이, 집이라고 찾아왔더니."

아빠가 일어나서 휙 나가버렸다.

"아니, 저놈이. 뭘 잘했다고."

나가는 아빠 뒤통수에 대고 할아버지가 소리를 질렀다.

결국 이렇게 되는 건가. 아빠와 엄마와 나는. 우리 세 식구는 한 집에서 사는데 실패했다. 그래도 나는 할아버지와 할머니가 있으니 얼마나 다행인가. 고모도 있고, 큰할머니도 있고, 필원이 아저씨도 있고 나 작가님도 있다.

나는 그보다도 우선 바크가 걱정되었다. 혹시 아빠가 홧김에 개를 데리고 간 건 아닌가 해서 얼른 나가보았다. 바크는 아직 있었다. 난 지금이라도 아빠가 개를 훔쳐갔던 걸 털어놓고 남자답게 할아버지에게 용서를 빌기를 바랐다. 그러나 그럴 리는 없을 것이다. 그럴 것 같았으면 아까와 같은 전화를 하지도 않았을 것이다.

나는 지금이라도 할아버지에게 아빠가 바크를 어떻게 하려고 한다는 걸 말해야하는 건 아닌가 하는 생각을 했다. 이미 이혼까지 해서 할아버지에게 찍힐 대로 찍힌 마당에 개 얘기를 한들 더 놀라기야 하겠는가. 할머니에게만 몰래 말할까. 아니다. 할머니는 바크보다도 아빠를 더 사랑한다. 고모에게 말할까. 고모는 성질을 이기지 못하고 할아버지에게 다 말할 게 뻔하다. 필원이 아저씨나 나 작가님에게 얘기를 해서 도움을 청해보는 건 어떨까. 그분들이라면 기꺼이 내가 어려움에 처했을 때 도와주실 것 같았다. 그러자면 엿들은 전화 내용을 얘기해야 하는데 어떻게 아들이 되가지고 아빠를 나쁜 사람으로 몰 수 있겠는가. 아, 참 답이 안 나온다. 시간은 자꾸 가는데 이렇게 아무런 대책도 세워놓지 못하고 있다니.

아빠는 저녁을 먹고 술에 잔뜩 취해가지고 들어왔다. 할아버지는 나 작가님 집에 놀러가고, 고모는 없고, 할머니는 TV를 틀어놓고 졸고 있다. 아빠는 피곤한지 곧장 내 방으로 들어가더니 잠이 들었다. 시간은 8시가 되어가고 있었다. 10시까지는 아직 시간이 있었다. 그러나 이제 행동을 개시해야 한다. 혹시라도 먼저 와서 바크를 끌고 가면 큰일이다.

나는 마당으로 나와 쇠말뚝에 걸려 있던 개 줄을 꺼냈다. 그리고 바크를 데리고 집을 나왔다. 나는 바크와 걷기 시작했다. 될 수 있으면 집으로부터 멀리 멀리. 그래야 아빠와 나쁜 놈에게 들키지 않는다. 걷는데 자꾸만 다리가 후들거리고 떨렸다. 나는 이제 엄마 아빠가 없다. 있지만 없는 거나 마찬가지다. 울지 않으려고 했는데 자꾸만 눈물이 나왔다. 괜찮아. 여기서 살면 돼.

얼마나 걸었는지 다리가 아팠다. 나는 두리번거리며 쉴 만한 곳을 찾았다. 어두워진 시골길은 암흑 그 자체였다. 나는 길옆에 나있는 숲으로 들어갔다. 이슬을 맞은 풀이 차가웠다. 나는 평평한 곳을 찾아 바크와 함께 앉았다. 이 정도면 아빠와 나쁜 놈이 우릴 찾지 못할 것이다.

멀리 할아버지 집이 있는 동네가 보였다. 전등 불빛이 보석을 박아놓은 것처럼 반짝반짝 빛났다. 불빛 하나에 집 하나였다. 하늘을 보았다. 별이 반짝였다. 서울에서는 볼 수 없는 별이다. 나는 풀 냄새나고 별이 반짝이는 촌이 좋다. 여기서 살 것이다. 그리고 여기가 내 고향이라고 말할 것이다.

　한참 앉아 있었더니 차가운 밤공기가 밀려와 몸이 으스스 했다. 나는 바크를 꼭 껴안았다. 따뜻했다.

너에게 무슨 일이 있었니

초판 1쇄 인쇄일 • 2020년 9월 21일
초판 1쇄 발행일 • 2020년 9월 25일

지은이 • 황혜련
펴낸이 • 임성규
펴낸곳 • 문이당

등록 • 1988. 11. 5. 제 1−832호
주소 • 서울시 성북구 동소문로 65−2 삼송빌딩 5층
전화 • 928−8741~3(영) 927−4990~2(편)
팩스 • 925−5406

ⓒ 황혜련, 2020

전자우편 munidang88@naver.com

ISBN 978−89−7456−529−9 03810